Heinrich Böll Der blasse Hund

Heinrich Böll
Der blasse Hund

Erzählungen

Mit einem Nachwort
von Heinrich Vormweg

Kiepenheuer & Witsch

Aus dem Nachlaß herausgegeben
von Annemarie, René, Vincent und Viktor Böll
und Heinrich Vormweg

Für den Druck eingerichtet von Viktor Böll
und Karl Heiner Busse – Nachwort: Heinrich Vormweg

1. Auflage 1995

Umschlaggestaltung: Kalle Giese, Overath
Gesetzt aus der Berthold Garamont Amsterdam
bei Kalle Giese Grafik, Overath
Druck und Bindearbeiten:
Graphischer Großbetrieb Pößneck, Pößneck
ISBN 3-462-02439-6

Inhalt

Die Brennenden 9

Der Flüchtling 37

Gefangen in Paris 57

Der blasse Hund 81

Das Rendez-Vous 103

Die Sippe Esaus 113

Die Geschichte der Brücke von Berkowo 119

Die Toten parieren nicht mehr 137

Verlorenes Paradies 139

Amerika 177

Anekdote vom deutschen Wunder 183

Nachwort 187

Editorische Nachbemerkung 203

Die Brennenden

Als Heinrich Perkoning 16 Jahre alt war, dachte er zum ersten Male daran, daß es schön sei, zu sterben. Er sah an einem grauen Dezembertage auf einem Spaziergang durch die Großstadt, die seine Heimat war, wie ein alter Herr, der ihm bekannt war, einer jungen frechen Dirne in ihr Haus folgte. Er fühlte mit einem Male eine so unendlich große Qual in sich, daß er wünschte zu sterben. Und dieses Leid in ihm, das ihm unermeßlich schien, wurde größer mit jedem Tag, den er weiterlebte. Er sah so viele Dinge, die schlecht und häßlich waren, und so wenige, die seine Seele erfreuten, daß er beschloß, sich selbst zu töten. Mit niemand sprach er darüber. Ein Jahr trug er alles dieses, und niemand ahnte sein Leid. Oft war er nahe daran, sich mitzuteilen, zu irgend jemand zu sprechen, dem man vertrauen zu können schien, aber immer wieder schreckte er zurück vor der Oberflächlichkeit, die sich bald zeigte, und verschloß sein Herz.

So ging er nun – es war wieder ein Dezembertag – am Ufer des großen Flusses entlang und dachte an nichts als an das EINE: Sich zu töten, zu scheiden aus dem Leben mit Gewalt. Er ging langsam die steinernen Stufen hinab, die zum Strome führten, und zitterte. Auf der untersten Stufe blieb er stehen. Das Wasser schlug lockend leise und wie vertraut an die Steine. Er hatte vorher alles gut überlegt: Er würde seinen Mantel lose umhängen und ihn von innen mit Nadeln fest zuknüpfen und so seinen Armen jede Schwimmbewegung unmöglich machen. Er dachte schaudernd noch einmal an alle die, denen sein Tod und die Art seines Todes Leid bereiten würde. Die Mutter, den Vater, die Geschwister und noch einige, Freunde und junge Mädchen, die ihn zu lieben glaubten. Alle zogen sie langsam und stumm an seinem Geist vorüber. Eine kaum merkliche Welle der Liebe und der Sehnsucht stieg in ihm hoch, doch sie hielt ihn nicht zurück, zu oft schon hatte er gegen diese Gefühle gekämpft. Und in seinem Geiste sah er das Gesicht eines leidenden, jungen Priesters, der leise flüsterte: »Der Menschensohn wußte nicht, wo er sein Haupt hinlegen solle, so verlassen war er; arm und verlassen war er unter den Menschen, selbst seine Jünger verließen ihn, da die Stunde der Entscheidung kam; erst die Kraft des Heiligen Geistes stärkte sie zu furchtbarer Qual und schrecklichem Leid um Gottes willen; und der Menschensohn liebte dennoch alle, er wußte wahrlich, wie häßlich und schlecht die Erde ist, aber er war voll der Liebe für die irrende Menschheit, und er gab sein Leben für sie, für Dich. Wenn du glaubst an ihn – du sagst dies immer –, so folge ihm und liebe sie alle, die Schlechten, die Irrenden und die vielen Leidenden.« Ein heftiges Zittern packte Heinrich, er stöhnte schwer: Ich kann es nicht ertragen. Aber eine Stimme brauste in seinem Innern in einer Macht, die er niemals vernommen hatte: Die Gnade und die Liebe Gottes weht überall, vertraue!! Und Heinrich wandte sich und stieg die Treppe hinauf. Er ging durch die breite Allee unter dem Brückenbogen hindurch. Auf der anderen Straßenseite war in einem grellbemalten Holzpavillon zwischen Sträuchern und kleinen Bäumen ein zweifelhaftes Café. Heinrich griff in die Tasche, zählte sein Geld und ging über die Straße; trat dann in die schmierige Bude. Er setzte sich, ohne zu grüßen, in eine der vielen Nischen, die rund um eine kleine Tanzfläche lagen, und bestellte sich Kaffee, den eine alte Schlampe brachte. Die Wände waren mit nackten stilisierten Frauenleibern bemalt, in roter Farbe. In einigen der Ecken saßen ältere und jüngere Lüstlinge mit Dirnen. Eine hübsche, etwa siebzehnjährige, dirnenhaft gekleidete Mädchengestalt setzte sich zu ihm. Auf seine müde, abwehrende Handbewegung lächelte sie eigentümlich. Heinrich nahm das Neue Testament, das er immer bei sich trug, aus der Tasche und begann zu lesen. Er zitterte vor Aufregung über die seltsamen Augen dieses jungen Weibes; er versuchte, sich auf die Schrift zu konzentrieren, mußte aber immer wieder aufblicken und die lächelnden Augen sehen, die ihn unverwandt anstarrten. Das Weib hatte die Ellbogen auf den Tisch gestützt und das Kinn in die Hände gelegt; sie hatte weiches, dichtes braunes Haar und ein reizendes, kluges Gesicht; ihre fast kindlichen Augen waren schön und rein. Heinrich hatte sie erst mißtrauisch angesehen, aber je öfter er aufblickte, um so mehr erstaunte er. Er sah, daß ihre großen dunklen Augen traurig waren, sie waren rein wie die eines Kindes und traurig wie... »Aber sie ist doch eine Dirne«, dachte er, »sie wollte mich verführen, ich irre mich, sie ist schlecht«, und er beugte sich wieder nieder und las. Aber immer wieder mußte er aufschauen und in dieses Gesicht sehen, und da er schließlich den furchtbaren Zweifel nicht mehr ertragen konnte, fragte er mit einer rauhen, heftigen Stimme: »Erklären Sie mir, wie Sie hierher kommen!« Es schien, als ob sie diese Frage erwartet habe, sie löste eine Kette von ihrem Hals, an der ein Kreuz war, und sagte mit einer festen, reinen Stimme, indem sie auf das Kreuz zeigte: »Um dieses Zeichens willen bin ich hier.«

Heinrich beugte den Kopf und errötete vor Bewunderung: »Wenn mir auch der Zusammenhang sehr unklar ist, ich glaube Ihnen.« Das Mädchen lächelte leise und fuhr fort: »Ich will Ihnen alles ganz einfach erklären. Ich habe hier in diesem ... Ding eine Anstellung als Hure angenommen -- Sie werden wissen, daß es dies gibt --, um zu retten. Ich will retten, und da ich mich zu schwach glaube, um gegen alte Lüstlinge zu kämpfen, so habe ich versucht, Jünglinge zu retten. Unzählige Jünglinge gibt es, die nahe dem Verderben sind. Sie sind nicht der erste, dem ich mich nähere unter der Maske der Sünde, aber Sie sind der erste von den vielen, mit denen ich hier saß, der meiner Hilfe nicht bedarf.« Heinrich staunte sie an, als ob er seinen Ohren nicht traue, und unter seinem fast verzückten Blick wurde sie ernst, ihr Lächeln zerbrach, und jetzt sah er klar, wie abgründig traurig ihre Seele sein mußte, denn die Trauer ihrer Augen wurde nicht mehr gedämpft durch das Lächeln ihrer Lippen.

Er wollte sie fragen, ob sie schon Erfolg gehabt habe, aber er schämte sich, eine Bilanz von ihr zu fordern, und so wartete er, daß sie weiterspreche. Sie saß in ihrer mystischen Schönheit ein wenig nach vorne gebeugt, und ihr leidendes Gesicht war wie das eines apokalyptischen Engels. Heinrich sah, daß irgend etwas unheimlich Unerwartetes in ihr vorging, und in einer neuen, schrecklichen Scham preßte er die Hände vor sein Gesicht: Er fühlte mit einem Male, daß er dieses junge Weib liebe. Sie sprach weiter -- es war jetzt Erregung in ihrer Stimme: »Einen habe ich wirklich retten können. Er kam in der ersten Woche, die ich hier war, hereingetorkelt, aber ich sah gleich, daß er nicht vom Trunke torkelte, sondern vor Hunger. Er war bleicher als der Tod, *denn er lebte*, seine schwarzen Haare lagen wirr um seinen Kopf. Er setzte sich und brüllte mit einer fast wahnsinnigen Stimme nach einem Weib. Ich nahm ihn am Arm und führte ihn in meine Stube, um ihn vor dem Hohne der anderen zu schützen, denn ich sah gleich, daß er fast verrückt vor Not war. Ich gab ihm zu essen, ließ ihn erzählen; dann schlief er ein. Lange saß ich bei ihm und wachte darüber, daß niemand ihn störe. Als er erwachte, forderte er, aber er verstummte unter meinem Blick. Dann sprach ich zu ihm. Er staunte wie ein Heide über die Dinge, die ich ihm erzählte. Frühmorgens ging er weg. Er kam oft zu mir und wollte von Christus hören. Seit vier Monaten ist er nicht mehr hier gewesen. Er schämt sich aus irgendeinem Grunde. Ich fühlte es, als er zuletzt bei mir war. Er wollte irgend etwas sagen, brachte aber nichts heraus, weil er sich schämte. Ich weiß seinen Namen, aber seine Wohnung nicht, sehr gern würde ich ihn aufsuchen.« Als sie zu Ende gesprochen hatte, schien sie fast zusammenzubrechen, sie sank auf den Tisch nieder, bedeckte ihr Gesicht mit den Händen und weinte. Heinrich beugte sich zu ihr, er hatte mit einem die Qual um seine Liebe zu ihr vergessen, er war in Sorge um sie. »Ich werde ihn finden, glauben Sie mir, ich . . . ich. . .« Sie richtete sich hoch auf und sah ihn brennend an, unter Tränen: »Ich glaube, Sie . . . Sie . . . Sie irren sich. . .«, sie sah ihn so seltsam an, daß er plötzlich mit fester Sicherheit wußte, daß sie ihn liebte, nicht den anderen, den Abtrünnigen, den er ihr zum Trost hatte suchen wollen, nein, ihn liebte sie. Er beugte sich zu der Weinenden und flüsterte: »Weine nicht, vielmehr freue Dich, jubiliere mit mir, der ich eben erst neu dem Leben geschenkt wurde. Ich will Dir dienen, will Dich lieben mehr als mein Leben, Weib, ich bitte Dich, weine nicht mehr, wir wollen diesen Dunst verlassen und in Armut ein Leben in Christus beginnen. Wir. . .« Er konnte nicht mehr sprechen vor Wonne, die Sprache, die plumpeste Vermittlerin unter den Menschen, sie vermochte nicht, seine Seele zu erfassen, und er sank nieder und küßte die Hände des Weibes, und sie bebte vor Seligkeit, als er sie aufrichtete und sie in seine Arme schloß.

Am gleichen Abend noch verließ Susanne ihre »Anstellung«. Heinrich suchte mit ihr eine Unterkunft für sie in der Stadt. Sie mieteten eine kleine, saubere Stube, und bis spät in die Nacht hinein saßen sie dort und blickten sich an, sie sprachen wenig miteinander. Sie beschlossen, Benedikt Tauster zu suchen, den einzigen, den Susanne hatte retten können in der langen Zeit ihrer Qual in dem Dirnenhause. Benedikt Tauster war 18 Jahre alt, als er begann, die Öffentlichkeit aufzuregen. Er schrieb das berüchtigte Essay: »Napoleon auch ein erotisches Genie!?« – als Untertitel: Betrachtungen über den bekannten anmutigen Mann aus Korsika. Allein der Umstand, daß er das Ding mit einem Ausrufe- und einem Fragezeichen versah, versetzte manche Leute in eine Wut, die schon nicht mehr kochte, sondern gleich verdampfte und sich destillierte. Aus einem dieser destillierten Gehirne nun erfuhr Heinrich von Benedikt Tauster. Er las sein Essay und fand, daß es – mit fast satanischer Intelligenz – als Hohn und Spott auf alles Bestehende abgefaßt war. Seine politischen und gesellschaftlichen Parallelen –– er sprach in dem Schriftchen zwar auch über Napoleons Erotik, aber hauptsächlich über die gegenwärtigen Zeitumstände –– waren manches Mal so köstlich, daß Heinrich Tränen lachen mußte. Am meisten verwunderte ihn der enthusiastische Unterton, der offenbar in dem Ganzen lag. Es war eine wahnsinnige, heiße Begeisterung, die geradezu faszinierte, da sie mit Ironie gepaart war. Am Ende stand ein Satz, der wie das Bedauern eines kleinen Kindes über einen schlechten Streich klang: »Wie schade ist es, daß ich, Benedikt Tauster, ein solch hoffnungsloser Krüppel bin.« Die Kunde von B. T. erhielt Heinrich auf indirektem Wege von einem sehr berühmten Literaten, der als kritisches Genie bekannt war. Er hatte einmal gesagt: »Die Größe Dostojewskis liegt darin, daß er ein wahrhaft genialer Epigone Goethes war.« Auf diesen Ausspruch hin waren drei Revolveranschläge auf das lorbeerstinkende Haupt versucht worden. Durch einen Gefängniswärter lernte Heinrich den Herrn kennen. Als dieser die Attentäter auf sein ehrwürdiges Leben in pädagogischer Absicht im Kerker besucht hatte, hatte er dem Gefängniswärter ins Ohr geflüstert: »Wenn ich mich nicht sehr täusche -- was mir aber ausgeschlossen scheint --, werden Sie diesen Benedikt Tauster auch bald hier begrüßen können.« Der Gefängniswärter nun -- ein Bekannter Heinrichs -- erzählte diesem von Benedikt Tauster, da er wußte, daß Heinrich »literarisch interessiert« war.

Heinrich fand Benedikt auf einer elenden Dachstube in einer »verrufenen« Straße. Dort wohnte er. Er war groß und sehr schlank und hatte ein bleiches, gequältes Gesicht. Als Heinrich sich ihm vorstellte und sagte, daß Susanne seine Verlobte sei und daß sie ihn gemeinsam gesucht hätten, sah Benedikt ihn lange stumm an und sagte dann mit einer gebrochenen, sympathischen Stimme: »Ich werde du sagen.« Heinrich nickte nur dazu, und so ward die Freundschaft sehr schnell geschlossen. Sie saßen sich dann lange schweigend gegenüber und rauchten. Plötzlich hob Benedikt den Kopf und sagte leise: »Du glaubst an Christus.« Heinrich antwortete: »Ja«, obwohl es keine Frage gewesen war. »Du hast sicher meine Schrift über Napoleon gelesen, ... ja ... weißt du ... diese Schweine, diese Zeilenkacker, den Anfang haben sie einfach ausgelassen. Ich hatte zu Beginn geschrieben: ›Möge Gott mir verzeihen, wenn meine Schrift schlecht ist, ich schrieb sie im Zorn gegen die, die seinen Namen verhöhnen und sich Christen nennen.‹ Siehst du, das haben sie weggelassen.« Er blickte Heinrich an, als er dies sagte, und dieser sah, daß seine Augen flackerten; er stand auf und ging nachdenklich in der Stube auf und ab; lange schritt er so hin und her, endlich blieb er vor Heinrich stehen und begann weiterzusprechen: »Ich wollte dich etwas fragen«, er stockte und schien tief nachzudenken, ob er weitersprechen solle: »Sieh ... in sechs Monaten wird ein junges Mädchen, das du gleich begrüßen kannst, ein Kind von mir gebären. Im Pfandhaus lernte ich sie kennen. Frühmorgens schon war ich dorthin gegangen. Ich wollte – wie so oft schon – mein einziges Wertstück, meine Uhr, versetzen, weil ich seit Tagen nichts gegessen hatte. Ich reichte meine Uhr in den Schalter, sie wurde geschätzt und so weiter, alles war gut, ich sollte fünf Mark bekommen; da verlangte der Beamte meinen Ausweis ... ich wurde verlegen und stammelte, daß ich keinen habe; daraufhin reichte er mir meine Uhr zurück, und ich wollte beschämt abziehen ... da sprach hinter mir eine klare Mädchenstimme: ›Ich bürge für den Herrn, hier ist mein Ausweis.‹ Während ich mich erschrocken umwandte und in ihr Gesicht sah, reichte sie ihren Ausweis. Sie war etwa so groß wie ich, hatte dunkles Haar und ein bleiches Gesicht, sie blickte mich mit ihren schwarzen Augen ernst an. Da gab der Beamte ihr den Ausweis zurück: ›Erstens nützt in diesem Falle Bürgschaft nichts, zweitens sind sie nicht einmal großjährig, ich kann Ihre Sachen also auch nicht annehmen.‹ Ich nahm ohne weiteres ihren Arm und brachte sie nach Hause. Später war ich erstaunt, wie selbstverständlich mir in diesem Augenblick alles anflog, was an natürlichen Manieren notwendig ist, ich hatte noch nie ein Mädchen am Arme geführt. Wir erzählten uns allerlei und sagten natürlich gleich du zueinander. Eigentlich verliebt war ich gar nicht in sie; ich liebte sie. Im Gehen wurden wir sogar lustig und rissen Witze über unseren Hunger; meist aber war sie traurig und schwermütig und ging stumm neben mir her. Nur einige Male blitzte kurz eine Freude in ihr auf, und sie sagte lächelnd etwas. Dieses ihr Lächeln war hinreißend, es war ... geradezu charmant, entzückend, es war ein wirklich blutvolles, kluges Mädchenlächeln. An einer Straßenecke verabschiedeten wir uns; ich nannte ihr meine Wohnung und lud sie ein, mich zu besuchen, sie sagte nichts darauf, kam aber schon am Abend zu mir. Als sie bei mir eintrat, ging ich gleich auf sie zu und küßte sie, sie lächelte wieder. Sie kam nun jeden Abend zu mir, wir saßen dann nebeneinander und sprachen. Zuerst erzählten wir uns von unserem Leben, dann sprachen wir über alles, über Gott, über Kunst, Politik, es war herrlich, ihre klugen Worte zu hören. Und dann ... beteten wir auch zusammen. Besonders verehrten wir den guten Schächer, der neben Christus am Kreuze und gleichen Tages noch im Paradiese war. Mir ging es in dieser Zeit immer schlechter, finanziell. Meine einzige feste Einnahme waren die 25 Mark monatlich, die mir von dem Zwangsverwalter meines Erbes ausbezahlt werden. Es kam soweit, daß ich nicht einmal die notwendigsten Kleidungsstücke und Schuhe mehr hatte. In dieser Zeit begann ich unzählig vieles, brachte aber nichts fertig als diesen ›Napoleon‹. Ich vertraute ihn ihr an, und sie lief so lange -- es dauerte fast drei Wochen --, bis sie jemand fand, der ihn verlegen wollte. Ein Vertreter des Verlages besuchte mich (ein Verlag, der meist Schundromane verlegt und ungeheuer reich dabei geworden ist); wir einigten uns schnell. In diese Zeit fiel der Selbstmord ihres Vaters; er war ein tief verschuldeter Geschäftsmann, der sich aber durch geschickte Manöver immer noch hochgehalten hatte. Jetzt waren seine Betrügereien entdeckt worden, und er erschoß sich. Sie kam am späten Nachmittag zu mir. Ich erwartete sie sehnsüchtig, denn ich war traurig, obwohl ich einen recht günstigen Vertrag geschlossen hatte. Es war ein Spätsommertag, dessen ungeheure Hitze schwere Gewitterwolken am Himmel gesammelt hatte. Eben war die Sonne untergegangen, und ich blickte aus meinem Fensterchen auf die mit schwerem Rot übergossene Stadt. Die Stadt sah gar nicht so trostlos aus wie sonst ... trotzdem; ich wurde traurig zum Sterben, und ich fühlte so recht, wie notwendig sie mir geworden war. Da kam sie; wie eine Wahnsinnige sah sie aus; sie lag in meinen Armen, und ich erfuhr in unzusammenhängendem Gestammel, was geschehen war. Ich konnte nichts sagen, wortlos küßte ich sie. An diesem Abend blieb sie bei mir. Und an diesem Tage ... haben wir beide unsere Unschuld verloren.« Er hatte hastig gesprochen, war immer auf und ab gegangen, jetzt brach er kurz ab und starrte zum Fenster hinaus. Heinrich wollte auf ihn zugehen, wollte irgend etwas sagen, wollte ihm wenigstens die Hand drücken, da trat eine dunkle Mädchengestalt ein; nach seiner Beschreibung erkannte Heinrich sie gleich; er begrüßte sie, und Benedikt nannte ihr seinen Namen. Benedikt räumte ihr seinen Stuhl und setzte sich neben Heinrich aufs Bett. Bei dem spärlichen Licht in der Stube sahen die beiden Jünglinge nur dunkel die Umrisse ihrer Gestalt. Sie begann mit einer warmen Stimme leise zu sprechen: »Ich habe etwas für dich gefunden. Ein Herr, der eine Privat-Nachmittagsschule führt, sucht jemand, der für eine Mark die Stunde Einzelstunden in Gymnasialfächern gibt. Du müßtest dann also mit zurückgebliebenen Bürgerkindern Schulaufgaben machen. Du wirst regelrecht angestellt und hast täglich nachmittags etwa sechs bis sieben Stunden zu geben. Natürlich mußt du vorher eine kleine Prüfung bestehen, die aber der Herr abnimmt. Ich habe schon mit ihm gesprochen, habe ihm gesagt, daß du Gymnasialabschluß hast. Übrigens . . . er selbst läßt sich von den Eltern drei Mark für jede Stunde geben.« Benedikt hob langsam den Kopf: »Ich danke dir, Magdalena . . . dann können wir ja heiraten, das heißt . . . wenn mich der Herr. . .«

Lange saßen die drei in dem Halbdämmer; nur einmal wurde die Stille unterbrochen, von Benedikt: »Magdalena, ich habe dir erzählt von dem Mädchen in dem Dirnenhause, das mich die Wahrheit lehrte, du weißt ja . . . sie ist Heinrichs Braut. . .«

Magdalena sprang auf, sie lief auf Heinrich zu, sah ihn lange ernst mit ihren unheimlich großen schwarzen Augen an und fragte: »Hat sie ihm . . . uns . . . vergeben, daß er nicht mehr zu ihr gekommen ist . . . wir schämten uns so sehr vor ihrer Reinheit. . .«, sie wurde glühend rot und blickte zu Boden; als sie wieder aufblickte, sah sie, daß Heinrich lächelnd nickte. Sie holte ihren Stuhl herbei und setzte sich zu den beiden.

Während Magdalena bei Susanne saß und fast froh wurde bei der glühenden Zuversicht dieses Weibes, gingen die beiden Jünglinge zu dem Herrn Schulkapitalisten. Es regnete immer noch diesen kalten Winterregen, der ein wahrer Armenmörder ist. Sie hatten keine Hüte und nur ihre dünnen, verschlissenen Mäntel, und so schritten sie dicht an den Häuserwänden vorbei, um wenigstens ein wenig geschützt zu sein. In einer vornehmen, breiten Vorstadtstraße, deren Häuser in erkünstelter Zurückhaltung hinter hohen Alleebäumen und Vorgärten lagen, zogen sie die Klingel an einem fast palastartigen Hause. Man führte sie in ein Empfangszimmer und ließ sie zunächst einmal eine Stunde warten. Nachdem sie in höhnischer Wut die Entstehungsgeschichte sämtlicher Bilder in dem Raume bis ins kleinste verfolgt und klargelegt hatten, wollten sie eben beginnen, sich in einer Art verzweifelter Raserei auf das Tapetenmuster zu stürzen, als ein »seriöser« Herr eintrat. Er war mittelgroß, behäbig gebaut und lächelte wie Buddha. Sie stellten sich vor; er begrüßte sie freundlich, und innerhalb von fünf Minuten war Benedikt ohne Prüfung auf sein Abiturientenzeugnis hin engagiert, vorläufig probeweise für einen Monat. Heinrich äußerte seinen Wunsch, ihn ebenfalls probeweise anzunehmen, und trotz seiner Jugend wurde er nach einem kurzen Blick auf sein Zeugnis angenommen. »Sie können heute nachmittag beginnen«, mit diesen Worten waren sie entlassen. Sie schritten den gleichen, öden Weg zurück.

»Der Mann ist entweder dumm oder wahnsinnig«, sagte Heinrich, »das ist für den Ruf seiner berühmten

Schule ein großes Risiko, wenn er uns so ohne weiteres annimmt.«

Benedikt lachte: »Wahnsinnig ist er nicht, dazu ist er zu faul. Aber er ist auch nicht dumm. Wahrscheinlich weiß er, da er Magdalena kennt, daß wir katholisch sind, und zwar gläubig. Katholiken haben aber -- so rechnet er -- eine wahnsinnige Angst vor der Sünde wegen ihrer menschenunwürdigen Ohrenbeichte, deshalb werden sie ihn bestimmt weniger betrügen als andere, die nicht zu einer bestimmten Zeit in den Kasten kriechen und alles bekennen müssen ... es gibt zum Beispiel unzählig viele Ungläubige, die nur katholische Dienstmädchen nehmen, weil sie sich durch deren Beichtzwang vor Diebstahl geschützt glauben. Im übrigen kann er uns doch jederzeit herausschmeißen, wenn wir seinen Ruf in Gefahr bringen.«

Sie trafen Magdalena noch bei Susanne. Es war eine Wohltat, am warmen Ofen zu sitzen, heißen Kaffee zu trinken und dazu rauchen zu können.

Benedikt und Magdalena verabschiedeten sich bald, sie mußten noch zum Pfarrer wegen ihrer Hochzeit, die in acht Tagen stattfinden sollte.

Susanne saß neben Heinrich; er starrte ihr ernst ins Gesicht: »Susanne, ich habe immer die Sonne gehaßt, weil ich glaubte, sie wolle mein Leid verhöhnen mit ihren lachenden Strahlen ... ich fand lange nicht den Willen zum Leben, wieviel weniger gar die Freude am Leben ... an einem Tage fand ich den Willen zum Leben und am gleichen Tage fand ich dich, die Wonne meines Lebens ... seit diesem Tage hat noch niemals die Sonne geschienen, sie straft den Lästerer, aber sie wird sicherlich wiederkommen und ich werde sie begrüßen mit Jubel, wir werden herrliche Tage erleben, Susanne ... Susanne. . .«, er lächelte, es war das erste Lächeln, das Susanne auf seinem Gesicht sah, es war wie einfache, klare, gottesgläubige Musik aus alter, versunkener Zeit, die sich auf diesem jungen Gesicht zitternd barg. Susanne war selig, da sie diesen leisen Ausbruch seiner Freude sah. Es war etwas zwischen ihnen, so rein, so fern der Sünde - wie die Zeit, die sie geboren hatte, oft der Sünde so nah war --, wie wohl Minne gewesen war vor langer Zeit; ein wohlig zarter Hauch von Seligkeit, der voll von stillem Jubel war. Und Heinrich zog sie sanft an sich und küßte ihren Mund, und es schien ihnen, als ob die Erde versänke unter ihren Füßen.

Die Hochzeit war traurig wie das Begräbnis eines Kindes. Der prachtvolle Dom, unendlich weit und hoch, hatte wohl selten eine solch jämmerliche Kopulation gesehen. Der riesige Raum, dessen Decke, zerfasertes Grau, wie der wolkige Februarhimmel aussah, erdrückte die paar ärmlich gekleideten Menschen, die vor dem Nebenaltar knieten, zu einem kläglichen Nichts. Magdalena hatte die Augen demütig geschlossen, sie zitterte jubelnd in Erwartung des heiligen Sakramentes der Ehe, und der Priester blickte, wenn er sich bei der heiligen Handlung umwandte, in das bleiche, ernste Gesicht Benedikts. Hinter den beiden knieten Magdalenas Mutter und Brüder. Im Gesicht der Mutter war etwas ergeben Gequältes, wie bei einem vergewaltigten Mädchen, das über der Reinheit der Seele die Schande des Leibes zu vergessen beginnt. In dem Blick der Brüder war etwas von der überdeckten Frechheit erloschener Wüstlingsaugen. Sie waren es wohl, die, zusammen mit dem Vater, die Seele dieses Weibes vergewaltigt hatten. Manches Mal streifte ein feiger Blick Susanne, die vor ihnen neben Magdalena kniete und den Kopf gebeugt hielt. Die beiden Trauzeugen, Heinrich und Paul von Sentau, dienten bei der Messe.

Nach dem Segen trat das Paar vor und kniete sich in den alten, einfachen Betschemel, der schon bei mancher Fürstenhochzeit gedient hatte. Die beiden Zeugen traten neben sie, und der Priester begann. Nachdem die heilige Handlung vollzogen war, sprach der junge Priester. Er sprach ganz leise, als ob er sich fürchte, das Echo des weiten Raumes zu wecken; auf seinem Gesicht war ein Lächeln der Freude.

»Es ist üblich, daß der Priester, wenn er ein Paar durch das heilige Band verbunden hat, einige Worte an die Gatten richtet . . . Verzeihen Sie mir . . . verzeihen Sie, aber zu Ihnen kann ich jetzt nicht sprechen . . . wir finden heute so selten christliche Echtheit und Demut zu Gott . . . verstehen Sie«, er errötete und blickte zu Boden, »daß ich ergriffen bin . . . aber ich erlaube mir, Ihre Einladung zu einer kleinen Feier anzunehmen.«

Die beiden Brüder Magdalenas verabschiedeten sich vor dem Dome von der Gesellschaft. Mit ihren abscheulichen Geldverdienerfratzen wich es wie ein Alp von der ärmlichen kleinen Gemeinschaft. Durch den Großstadtalltag schritten sie der neuen Wohnung des Paares zu, die am Rande der Altstadt lag. Der Dom war eigentlich nicht ihre Pfarrkirche, aber Benedikt hatte gewünscht, daß die Trauung dort stattfinde, weil ihm bekannt geworden war, daß seine Eltern dort getraut worden waren und daß er selbst dort getauft war. Der junge Priester, dem er vor einem halben Jahr, als er nach dieser Nacht bei Susanne den Funken der Wahrheit gefangen hatte, sein heißes Herz geöffnet hatte, fand in den alten Kirchenbüchern, daß im Anfang des zweiten Kriegsjahres ein Daniel Tauster mit einer Adelheid von Sentau kopuliert worden war. Ebenso war Benedikts Taufe eingetragen. So hatten sie nun von der Mitte der Stadt bis zu ihrem Rande einen recht weiten Weg zu gehen. Das junge Paar schritt voran, leise sprechend. Es folgte Magdalenas Mutter mit dem Priester. Am Ende ging Susanne zwischen Heinrich und Paul. Paul stellte sich Susanne, die er zum ersten Male in seinem Leben sah, vor, indem er ihr sein Leben erzählte: »Ich bin der letzte heimatlose Abkömmling eines alten fränkischen Adels, der aber schon seit hundert Jahren in durchaus bürgerlichen Bahnen sich bewegt. Benedikt ... mein Vetter ... ist der einzige Blutsverwandte. Am gleichen Tage, an dem mein Vater vor Langemarck fiel, wurde ich geboren. Meine Mutter war kaum achtzehn Jahre alt. Sie wurde aufgezehrt von dem Leid um den jungen Gatten, der ihre qualvolle Waisenjugend mit einer herrlichen Liebe beendet hatte. .. Benedikts Mutter, die Schwester meines Vaters, eine Neunzehnjährige, nahm mich zu sich, ich war ein halbes Jahr alt ... obwohl sie selbst guter Hoffnung war und obwohl sie voller Leid und Sorge um ihren Mann war, der mit einer gefährlichen Kopfverletzung im Lazarett in Rumänien lag ... ihr Mann starb drei Monate vor der Geburt Benedikts ... und sie trug das Leid um den Gatten, den Bruder, die Freundin und nahm die unendliche Last des Lebens, sie preßte ihre junge brennende Seele durch die Winkel des Alltags im Glauben an Jesus Christus, den Künder der Wahrheit und Freund der Leidenden ... sie erlebte nicht viel Freude an den Knaben, die sie aufzog, sie mußte einem Beruf nachgehen, und wir verbrachten die langen Morgenstunden bei Veit, dem Kriegsinvaliden, der neben uns auf seiner Mansarde wohnte. Veit hatte nur ein Bein, konnte mit seiner Krücke nur mühsam die vielen Treppen steigen, und zudem mußte er wegen einer Lungenverletzung noch oft zu Bett liegen, so waren ihm die beiden Knaben recht, denn er war noch jung, 32 Jahre alt, und voller Feuer, und als er gar noch erfuhr, daß unsere beiden Väter im Kriege geblieben waren, verliebte er sich in uns. Ich war fünf, Benedikt etwas weniger als vier Jahre alt, als unsere Freundschaft mit Veit begann. Veit glaubte an nichts. Wenn wir zu ihm kamen, fragte er zuerst immer mit ironischer Feierlichkeit: ›Was ist der oberste Lebensgrundsatz?‹ und unsere hellen Kinderstimmen antworteten: ›Alles ist Scheiße!‹ So hatte er uns gelehrt. Er hatte Entsetzliches durchgemacht und erzählte uns Dinge, deren Furchtbarkeit uns nur interessant war, und mit seinen Worten träufelte er das Gift des Unglaubens in unsere Kinderseelen, das vorläufig noch unwirksam neben den Gebeten lag, die wir jeden Abend verrichteten, wenn die Mutter müde und freundlich nach Hause kam ... er war nicht schlecht, der Veit, aber hatte den Faden zu Gott verloren ... ich glaube heute, daß ein heimliches Wühlen des heiligen Geistes in ihm war, denn er sagte an einem der letzten Tage, die er lebte ... ich war sieben Jahre alt...: ›Jungens, was betet ihr abends?‹ ›Wir beten zu Jesus Christus, daß er unsere Seele vor dem Unglauben bewahre, daß er unsere Väter in den Himmel tue, den guten Veit gesund mache und der Mutter Freude schenke.‹ Darauf blickte er uns unsicher lächelnd an und sagte: ›Das ist gut so, ihr dürft es nie vergessen.‹ Dieser Satz, der alle seine Weisheiten der letzten zwei Jahre zunichte machte, war für uns nur ein Eindruck unter Tausenden, wir sammelten nur, unterschieden noch nicht ... einige Tage danach starb Veit. Wir trauerten tief und lange um ihn. Die Mutter vermochte nicht, uns zu trösten. Erst die Zeit heilte diese Wunde, und nach der Trauer begann die Saat aufzugehen, die Veit ausgestreut hatte ... wir widersprachen der Mutter, wenn sie von Dingen sprach, an die – wie wir uns erinnerten – Veit nicht geglaubt hatte, nur an Gott zweifelten wir noch nicht ... das kam erst später, als wir jahrelang der faulen Weisheit der Straße ausgesetzt waren und als wir, nach dem Tode der Mutter, auf dem Gymnasium von den Bürger- und Emporkömmlingssöhnen wegen unserer Armut verachtet wurden ... und – immer mehr auf unsere eigenen Gehirne isoliert – erst langsam, dann aber rasend plötzlich leugneten wir alles Übernatürliche, und mit verbissenen, bleichen Gesichtern trugen wir stolz unsere Armut einher ... Skepsis war in uns gewesen, und die Umstände und unser Kurzblick brachten es mit sich, daß wir uns – abgestoßen von den Krüppeln, die sich Christen nannten – vom Kreuze lossagten, ehe wir auch nur den geringsten Teil seiner Lehre kannten ... die Mutter war gestorben, als ich neun, Benedikt etwa acht war ... die Ärzte sagten, daß sie an Überarbeitung gestorben sei ... sicherlich war sie schwach vom Schuften aus Liebe zu uns ... aber ich glaube, weiß, daß sie am Leid gestorben ist, ich glaube, daß es die langen Jahre hindurch in ihr gewühlt hat, daß es endlich aufbrach und sie mit einem zerschmetternden Schlag in das ewige Leben führte, an das sie immer geglaubt hatte... Hätte sie uns als erste in entscheidenden Jahren die stille Lehre des Kreuzes dargeboten, wir hätten sicherlich begriffen, wir wären nicht gescheitert an der Dummheit und Unzulänglichkeit der Welt um uns. So mußten wir lange Jahre irren und tasten ... wir lebten von dem Ertrag eines kleinen Häuschens, das Benedikts Mutter als kleine Sicherheit für die Zukunft von ihrem mühsam erhungerten Geld für uns gekauft hatte. Man redet soviel von Dokumenten, riesigen Denkmälern der Liebe ... für mich gibt es kein schöneres als dieses alte, schiefe Häuschen in der Altstadt, das einer schönen, leidenden, einsamen jungen Frau lange Jahre des Hungers kostete.

Ein Jahr vor meinem Schulexamen verließ ich Benedikt und die alte Heimatstadt um eines Weibes willen ... sie hatte tiefbraunes Haar, einen jungen herrlichen Mund, und ihre Augen waren schwarz wie die Nacht und voll echter Glut ... sie gab damals hier ein Chopinkonzert ... ich lauschte ihr -- zum ersten Male in meinem Leben berauscht, begeistert – gebannt, dieser zauberhaften, schwermütigen, lockenden Sinnlichkeit, und mein einziges Begehren war dieses junge Weib, dessen echtes Spiel mir diesen Rausch in die Seele goß ... der Beifall rauschte noch durch die dichten Vorhänge, da stand ich in ihrem Boudoir ... die Lakaien waren zurückgewichen vor meinen Augen ... der Vorhang wurde zurückgeschlagen, sie trat lautlos anmutig ein ... sie erschrak nicht, wurde nicht zornig ... sie sah nicht, daß ich wie ein Bettler gekleidet war ... sie blickte mir in die Augen und lächelte ... sie war sehr jung, siebzehn Jahre alt ... ich sah gleich, daß sie noch unschuldig war wie ich ... lange stand sie so und lächelte ... ich blieb ernst und war bleich vor Wonne und Leid ... sie kam auf mich zu, küßte mich ... ich hatte noch niemals ein Weib geküßt und erlebte die Wonne, daß ich als erste die küßte, die ich liebte ... mit einer Stimme, die mich erbeben ließ, sagte sie leise: ›Du mußt lachen, ich liebe dich, du bist der erste und einzige.‹ Wir schlossen einen Bund in dieser Nacht, der voller taumelnder, süßer Lust war, voller Wonne, aber ohne den Segen Gottes.

Ein Jahr reiste ich mit ihr durch die Welt ... sie gab Konzerte, war berühmt ... niemals in dieser Zeit hatte ich andere Kleider als diesen alten, abgetragenen Schulanzug ... sie sah solche Dinge nicht, sie war echt und glühend ... ich dachte an diese Dinge nicht ... nie waren wir in Gesellschaft ... immer allein, ganz allein mit unserer Jugend, unserer Liebe ... nicht ein einziges Mal konnte ich es über mich bringen, eines ihrer Konzerte zu besuchen, ich wäre wahnsinnig geworden, wenn ich diese Tausende gieriger Augen auf ihren Leib gerichtet gesehen hätte, der mein war. An Christus dachten wir beide nicht, aber es schwebte doch ein Schutzengel über uns, wir waren niemals gemein... Mein Dasein blieb nicht verborgen, die Presse stöberte mich auf... ich weiß, daß die Journalisten mich heimlich den Gigolo der großen Pianistin nannten... wir sündigten tief, aber jeder Tag war so jubelnd und jung und glühend wie der erste. Und die Bitten meiner Mutter, die die Frucht ihres jungen Leibes in Sünde wandeln sah, und das Flehen meiner zweiten Mutter an Gottes Thron waren nicht umsonst... ich fand zurück... in einem unbedeutenden Städtchen in Süddeutschland ging ich an einem Abend spazieren, da sie ein Konzert gab... mein Herz brannte noch von dem Abschied, der sie aus meinen Armen vor die Augen der Gutsbesitzer der Umgebung riß... mir wurde mit einem Male klar, daß ich ein Schuft war und sie, das Weib, für mich arbeiten ließ, denn ich wußte längst, daß es ihr eine Qual war, dieses Spielen vor den Fratzen, nur wenn wir allein waren, wenn sie am Klavier oder auf der Geige mir ihr brennendes Herz öffnen konnte, war ihr die Musik eine Wonne... furchtbar rückte dieser Gedanke auf mich ein, ich flüchtete mich in eine nahe Kirche, weil ich wußte, daß dies das einzige Haus war, das man unbehelligt betreten konnte... setzte mich in eine der letzten Bänke, die im Dunkel lagen... das leise gemurmelte Gebet drang neben dem Singen der wenigen nur schwach in meine Ohren... Aber plötzlich schrak ich auf, eine Stimme sagte laut und klar: ›Beginn aller Sünde, aller Beleidigung Gottes, ist Hochmut, und sei es nur die geringste Überhebung gegenüber einem Nächsten‹, . . . ein alter Priester hatte zur Predigt die Kanzel bestiegen, und ich wurde – erst von seiner lauten, klaren Stimme, dann von dem Inhalt der Worte -- fast gezwungen, mitzuhören . . . mein Verstand folgte gebannt den Worten, und in kaum einer Viertelstunde hörte ich einen für mich verblüffend klaren Überblick über die Lehre des Kreuzes . . . er sprach von der Demut, von der Liebe, von den Tugenden . . . als er von der ORDO sprach, von der Ordnung, dem göttlichen Maß . . . zuckte ich zusammen, ich fühlte gleich, daß ich die ORDO verletzt . . . wie ein Blitz kam mir diese Erkenntnis . . . ich war so gebrochen zerschlagen, daß ich die folgenden Worte nicht mehr hörte und nach dem Schluß der Andacht allein in der Kirche zurückblieb . . . lange saß ich so, schwitzend vor Qual, und glaubte zu sterben . . . ich hörte Schritte in der Stille, sah auf und erblickte den Priester, der nach einer Beugung des Knies vor dem Tabernakel die Kirche verlassen wollte . . . mit der Gebärde eines Ertrinkenden winkte ich ihn zu mir . . . als er neben mir stand und mich mit ernster Güte ansah, versagte mir die Sprache . . . ich sah, glaubte, fühlte Gott noch unklar, aber wahr, litt entsetzliche Qualen um meiner Sünden willen, und zugleich war mir so bewußt wie nie, daß Natalie ein herrliches Geschöpf Gottes war, daß sie nicht schlecht war . . . und ich flehte zu Gott, daß er auch ihr Herz berühren solle mit der Wahrheit und Klarheit seines Wesens . . . ich sprach dann mit schwacher Stimme zu dem Priester . . . alles erzählte ich ihm.

Auf dem Weg zum Hotel zurück brach mit einem Male die Freude um den klaren Besitz der Wahrheit in mir auf, und ich brannte darauf, diesen einzig besitzenswerten Schatz auch der zu vermitteln, die ich liebte, ... auch jetzt noch liebte ... ich zweifelte nicht, daß sie begreifen würde ... daß sie natürlich war, wußte ich ... ich entsann mich der vielen Stunden, da sie heiße Tränen geweint, weil unsere Liebe ohne Kind blieb ... und daß mehr als Natur in ihr war, wußte ich aus ihrer Kunst ... auf diesem Gang durch die späte Nacht glaubte ich wieder ihre Tausenden leidvollen Phantasien zu hören, und sie brachen nicht zu einem jämmerlichen Sinnennichts zusammen vor dem Maßstabe meines Christengewissens. Ich jubelte vor Wonne, daß ich ihr das Ziel weisen dürfe ... Das Ende werdet ihr gleich erfahren ... ihr werdet ein junges Weib sehen, fast ein Mädchen noch, das einen schlichten Goldring an der Rechten trägt, das Zeichen des Bundes mit mir, sie wird ein schlichtes, rotes Kleid tragen und als einzigen Schmuck einen Rosenkranz, das Gebetbuch der Demütigen ... die große Pianistin, die ihren Gigolo heiratete und Natalie von Sentau wurde.«

Paul blickte die beiden strahlend an, er hatte beim Sprechen immer vor sich hin auf die Straße geblickt. Susanne glühte vor Verwirrung über diesen seltsamen Jüngling, der ihr wohl an den Augen abgelesen hatte, daß sie ihn verstehen würde ... sie blickte Heinrich an und sah, daß er lachte.

Die kleine Gesellschaft wurde an der Tür von einem zarten jungen Weib empfangen; sie hatte braune Haare und trug ein schlichtes dunkelrotes Kleid, um ihren Hals unter dem Kleide sah man die dunklen Perlen und das goldene Kreuz eines Rosenkranzes durchscheinen; sie hatte ungemein große, dunkle Augen, eine feingebogene Nase. Sie begrüßte zuerst das junge Paar, küßte Magdalena und drückte Benedikt fest die Hand. Paul sprang gleich auf sie zu und stellte sie dem Priester und Susanne vor: »Das ist sie«, sagte er lachend zu Susanne.

Natalie hatte alles zum Frühstück bereitet; der Tisch war geschmackvoll gedeckt; überall standen Blumen, und vor dem Muttergottesbild in der Ecke brannte die Kerze.

Natalie lächelte, als sie die überraschten Blicke der anderen sah: »Heute morgen erste habe ich sie gefunden, auf dem Speicher eures alten Häuschens, wie ein unförmiger Staubklumpen sah sie aus . . . wer weiß, wie viele Besitzer des Häuschens sie schon achtlos beiseite getreten haben, ich dachte zuerst, es sei ein alter verstaubter Spinnrocken, aber als ich sie aufhob, war sie so schwer, und an den Stellen, wo ich sie berührt hatte, löste sich der Staub, und es schimmerte golden durch . . . sie muß wohl sehr alt sein. . .«

Ein herrlicher Kaffeeduft lag in dem Raum. Dazu lag Brot auf dem Tisch, verlockend braun und kräftig schwarz. Und in brauner Schale lag die gelbe Butter. Alle setzten sich gern nieder. Und der Februar war etwas freundlicher geworden, der graue Himmel war wenigstens ohne drohende Regenwolken, und vom Südosten her kam sogar ein schwacher Sonnenschimmer durch die Fenster; zwar war es noch kalt draußen, aber hier in der Stube war wohltuende Wärme. Es wurde wenig gesprochen während des Essens; es war etwas wie Ehrfurcht vor dem nun geweihten Paar über allen.

Als nach dem Essen die Kaffeetassen neu gefüllt waren und blauer Tabakdunst sich zu leichten Schwaden in den Raum zu legen begann, sagte Paul: »Wir müssen uns die Sache gut überlegen.« Alle sahen ihn fragend an; er lachte. »Ja ihr seid euch doch hoffentlich klar darüber, daß wir irgendeinen Verein oder Bund – oder – was weiß ich -- gründen müssen.« »Das finde ich auch«, sagte Heinrich unter dem Lachen der anderen. »Wenn mehr als zwei Menschen zusammen sind, die auch nur einigermaßen einer Meinung in irgendeiner Sache sind, dann muß irgend etwas mit Mitgliedskarten und Beitrag entstehen. Das gäbe doch zweifellos einen seltenen Verein: Acht Personen für den Anfang: Ein junger Mann, der so wahnsinnig ist, mit einem Monatseinkommen, das geringer ist als 200 Mark, zu heiraten, die Frau dieses Idioten, die dadurch in die Klasse der heruntergekommenen Bürgermädchen rechnet, die Mutter dieser Verrückten, dann eine resignierte große Künstlerin, deren Mann, ein Herumtreiber, der letzte, total verkommene Sproß eines alten Adels, ein der römischen Kirche vollkommen Versklavter, ein Kaplan, Susanne mit ihrer mehr zweifelhaften Vergangenheit und ich. . .« »Wenn ich Vorsitzender werden darf und das Bundeslied komponieren und dichten darf, mache ich mit«, sagte Benedikt und sog lächelnd an seiner Pfeife . . . die Unterhaltung wäre mit diesem Thema zweifellos ins Unendliche ausgeartet ... der junge Priester hatte lächelnd zugehört, jetzt hob er die Rechte, um die Rede zu dämmen, er sprach leise, fast in die Pfeife hinein, die er sich eben angezündet hatte: »An allem, was wirklich lächerlich ist -- natürlich ist nur der geringste Teil von dem, was man auszulachen pflegt, lächerlich --, ist auch irgend etwas Verbogenes, etwas Schiefes, Falsches -- und deshalb hat das Lächerliche auch immer eine ernste - oft satanische - Seite... Vereine zum Beispiel sind meist lächerlich, aber sie sind doch im Grunde genommen dann, wenn sie wirklich falsch und lächerlich ausarten, nichts anderes als eine von den Tausenden Schattierungen des Götzendienstes. Ich glaube sicher, daß viele Vereinsbrüder, die nebenbei regelmäßige Kirchgänger, ›gute Christen‹ sind, sich tausendmal mehr erregen würden, vielleicht sogar aus ihrer fürchterlichen Ruhe revoltieren würden, wenn man ihre Vereinsstatuten - oder Kasse angreifen würde als dann, wenn man einen Satz aus dem Credo streichen würde ... dies möge nur ein Beispiel sein ... alle diese Dinge, ob sie nun im Einzelfalle Mode, Sport, Tanz, Rhythmus oder Kino heißen - oder wie es wohl meistens zutrifft: Geld --, sind meist nichts anderes als gut angelegte, fast bürgerlich biedere Fallgruben des Satans, der ihnen den vielleicht sogar noch gesunden Kern ausfrißt und sie dazu benutzt, die Menschen ganz langsam -- fein säuberlich bürgerlich (um wilde Sünder zu sein, sind die meisten Menschen zu faul, zu müde und zu dumm) -- von der Wahrheit - oder besser: von dem kleinen Restchen Wahrheit, das sie gerettet hatten -- abzulenken, und wenn es einmal soweit ist, daß diese Dinge sich einen Platz erobert haben, daß sie sogar von Stellen, die berufen sind, die Wahrheit zu schützen, unterstützt werden, dann läuft alles von selbst weiter . . . die Schönheit wird verhöhnt, das Gefühl für Schönheit zernagt, Lust wird hochgepeitscht . . . es ist leicht, einen sumpfigen Brei zu kochen . . . deshalb: wenn schon jemand unbedingt einen neuen Verein gründen wollte, es müßte der ›Verein der Freunde des Absoluten‹ sein, aber der besteht bereits . . . in der Kirche.«

Er lächelte zu seinem sonderbaren Schluß. Die anderen waren verstummt und ernst geworden. Die jungen Männer dachten in sich hinein und rauchten schweigend . . . die jungen Frauen blickten vor sich hin. . . Magdalenas Mutter sah ein wenig erstaunt den Priester an. Susanne stand auf und zündete das Licht vor der Madonna wieder an, das irgendwie verloschen war. Natalie sagte leise: »Ich möchte etwas spielen«, sie wurde rot, »wenn ihr. . .«, alle nickten . . . sie stand auf und ließ sich von Heinrich, der am Bücherschrank saß, Noten herüberreichen. . . »Beethoven«, sagte sie, als er sie fragend anblickte. Und während die Männer die Pfeifen weglegten und die Sonne mit einem Male stark durch die Fenster brach, schritt Natalie zu dem Flügel, der an einer weißen Wand stand, an der kein schmückendes Bild hing, nur ein großes schwarzes Kreuz.

Der Flüchtling

Klopfenden Herzens sah er aus seinem Versteck das Auto mit den grellen Scheinwerfern über die Landstraße rasen; er zuckte zusammen, als schlüge ihn jemand plötzlich ins Gesicht, da der Wagen knirschend hielt, sich geschickt wandte und den unbarmherzigen Kegel seiner Lampen langsam und bedächtig über die Äcker gleiten ließ. Bäume leuchteten in unnatürlicher Helle auf, als seien sie mit einem Male heraufbeschworen und zu schrecklichem Leben erwacht... Sträucher wurden angespien fast von diesem irrsinnig hellen Licht und glitten wieder ab in die Dunkelheit, und dann wurde die Welle aufgefangen von der Mauer, hinter der er verborgen lag; er glaubte zu spüren, wie das Licht sich gleichsam staute, dann schlug es oben über den baufälligen Rand; er schloß, geblendet und von einem wilden Schmerz betroffen, die Augen: der beißende Schein hatte ihn durch einen Riß der Mauer mitten in die Augen gestochen...

Er hörte das gleichmäßige Heulen des Motors und Stimmen von Männern, und er lauschte gebannt, als der Scheinwerfer nun erlosch und die Dunkelheit wieder mit ihrem schweren Gewicht über ihn fiel; er hob sich von der nassen, kalten Wiese und wagte es, den Kopf über die Mauer zu heben: der Wagen stand mit beigedrehtem Licht auf der Straße, und er sah die Silhouetten von zwei Männern, offenbar mit dem Gesicht zu ihm gewandt; es war ihm fast, als müßten sie spüren, daß er hier war . . . ja; und er saugte sich hinein mit seinen Augen in die matte Dunkelheit, als müsse er es zwingen, ihre Gesichter zu erkennen, denn er wollte unbedingt wissen, ob Germat dabei war; Germat! Ihm stockte das Herz! Dann war er verloren. Germat war der raffinierteste Spürhund des ganzen Kreises, der gemeinste Bluttiger! Er war mit einem fast übernatürlichen Instinkt begabt. . . Die Stimmen der Männer klangen fast gleichgültig . . . ein ebenmäßiges Murmeln. . .

Aber mit einem Male hörte er rechts und links von sich auf dem dunklen Acker Geräusche . . . ja, wie Schleichen . . . fast schlurfend . . . und das untrügliche und unvermeidliche Quietschen, wenn man einen Stiefel aus der nassen Erde zieht, die sich um ihn geschlossen hat. Mein Gott . . . im gleichen Augenblick fiel ihm ein, daß sein Kopf ja weit sichtbar wie eine schwarze Kugel gegen das matte Blau des Himmels auf der Mauer zu sehen sein mußte! Er duckte sich, keuchend vor tierischer Angst, und in der nächsten Zehntelsekunde, während er sich bemühte, den wirbelnden Knäuel von Gedanken und Gefühlen zu ordnen, pfiff ein Geschoß über den Rand der Mauer, von der Straße her . . . das Zeichen, daß die Jagd offiziell eröffnet war. Hatte er den Abschuß im ersten Augenblick des Schreckens überhört. . .? Plötzlich wurde ihm ganz leicht . . . ach, so sonderbar leicht . . . als kristallisiere der eiskalte Haß in seinem Herzen den ganzen Wirrwarr von Angst und Not; er überlegte blitzschnell und doch sorgsam; nun war der Schleier gelüftet, und er durchschaute die Taktik: Von links und rechts war er schon überholt, er hörte die Geräusche von mehreren Männern auf beiden Seiten, jetzt schon in seinem Rücken ... bis zur Straße hatten sie wahrscheinlich eine Kette von Posten, und dort stand Germat mit seinem Teufelsgehirn, der den Fang leitete ... es war zwecklos ... er konnte im Dunklen zehnmal von ihren Pistolen durchlöchert sein, wenn er sich nur rührte ... sie wußten ja, wo er stand, und er hatte keine Ahnung, wo sie herumkrochen; er hatte nur die Möglichkeit, nach vorne mitten in das Herz der Treibjagd zu stoßen, und in einer halben Sekunde tauchte ein Plan auf in ihm, lächerlich einfach, von blendender Kühnheit; aber der Haß ermutigte ihn, der wilde lebendige Haß, der soviel vermag wie die Liebe; er fühlte keine Kälte mehr, keinen Hunger und keine Angst ... nur irgendwo da vorne stand der Todfeind, auf den er nun mit der Kraft eines Büffels und der Frechheit eines Genies losstoßen mußte ... er hörte noch, wie der Ring sich hinter ihm schloß, wie zwei Treiber hinter der Mauer des Obstgartens zusammentrafen und sich mit einem leisen Wort verständigten ... dann betete er ganz kurz und schnell, wie eine Flamme aufbricht und erlischt, und es war ihm fast, als müßte er lächeln ... ja, lächeln in der Dunkelheit, umringt von den Häschern und fast des Sieges gewiß ... dann hob er die Hände hoch über die Mauer und rief laut: »Schießen Sie nicht, Germat, ich ergebe mich...« Er hörte noch die erstaunten Rufe der Treiber, dann sprang er schnell über die Mauer und lief auf die Straße zu, und im Laufen rief er noch lachend: »Pfeifen Sie Ihre Hunde zurück...«

Es waren kaum hundertfünfzig Schritt bis zur Straße, und er lief schnell, ehe die Bande zur Besinnung kommen konnte; bis er im Dunkeln Germats große Gestalt in der schwarzen Uniform erkannte ... schwärzer als die Bläue der Nacht; immer hatte er die Hände erhoben, hoch über dem Kopf ... auch als er über den Graben sprang, und dann sah er deutlich im Schein der Werfer das harte, kalte, rassig-schöne Gesicht, und er sah noch, wie der befriedigt lächelnde Mund sich öffnen wollte zum Sprechen, aber er warf sich, indem er seinen ganzen Körper zusammenballte -- seine einzige Waffe! ... wild, mit der ganzen tollen Wildheit seines Hasses gegen Germat ... er fühlte den Anprall wie eine Lust, raste um das Auto herum und hörte noch -- das hatte er alles eingerechnet -, wie der Fahrer mit einem Schrei aus dem Führersitz sprang; dann legte er sich ganz leise und behutsam auf die Straße und kroch langsam, lautlos unter den Wagen. Der tiefliegende Benzintank ließ eben soviel Raum, daß er Germat sehen konnte: Zwei Schritt von Germat entfernt lag er auf dem harten kalten Asphalt der Landstraße. Er mußte mit der äußersten Anstrengung seines Willens ein tiefes, schreckliches Schluchzen unterdrücken, das in ihm aufsteigen wollte ... er zitterte am ganzen Leib ... krankhafter Schweiß brach ihm aus ... und der Geruch von Benzin und Öl verursachte eine würgende Übelkeit in seinem leeren Magen.

Fast nur um sich abzulenken und um die fürchterliche Spannung zu brechen, blickte er auf Germat ... der lag stöhnend und fluchend auf der Straße, sein Gesicht war schrecklich verzerrt in seiner tierischen Wut ... aus einer Wunde am Hinterkopf floß Blut auf die graue, kalte, mattglänzende Straße; der Fahrer bemühte sich mit hilfloser Hampelei um ihn ... versuchte ihn aufzuheben, legte ihm ein Autopolster unter den Kopf; die Rufe der Häscher klangen aus der Dunkelheit herüber...

Germat war aufgestanden; Strickmann hatte ihn verbunden, ihm ein paar Tabletten eingegeben, die er mit Schnaps herunterspülte; er stand jetzt an den Wagen gelehnt; seine Stiefel, diese eleganten weichen Stiefelchen, die der arme Gunderland jeden Morgen zu putzen hatte, waren ganz nah vor Josephs Augen ... er fühlte eine halbe Sekunde lang die irrsinnige Versuchung, sie zu packen und Germat nach hinten wegzuziehen, daß er noch einmal auf die Schnauze flog ... ja, er hätte fast bewußt sein Leben aufs Spiel gesetzt, um diesen Teufel noch einmal hinfliegen zu lassen; aber was er nun hörte, erforderte seine ganze Aufmerksamkeit ... Germat schnitt die Flüche und die blöden Drohungen der Häscher mit seiner kalten Stimme ab und sagte ärgerlich: »Ihr hättet weniger quatschen sollen ... und gleich hinter diesem Hund her ... dann hätten wir ihn jetzt ... so ... also leuchte mal, Jupp...«, er hatte offenbar eine Karte herausgenommen ... die Füße der Häscher gruppierten sich um seine wunderschönen Stiefel. »Hier sind wir -- am Ausgang von Breckdorf ... dort ist die Grenze; wenn er also über die Grenze will, muß er über diese Straße zurück, auf der wir jetzt stehen ... verflucht, mein Schädel ... dieses Schwein, wenn wir ihn erwischen ... und wir müssen ihn erwischen, sage ich euch . . . dieses Dreckschwein.« Er stöhnte, stieß mit den Füßen auf und fuhr dann fort: »Also . . . Berg und Strickmann, ihr pendelt als Streife zwischen diesem Punkt hier und Eiershagen . . . seht her! . . . und Großkamp und Strichninski zwischen Brickheim und Gordelen. Ich fahre zum Lager zurück und lasse Verstärkung schicken, die ihr dann einweist, so daß wir zur Grenze hin das ganze Planviertel absperren . . . so, ihr wißt Bescheid . . . verdammt, seht euch die Karte anständig an . . .«, er schien wieder stöhnend nach seinem Kopf zu packen, stieß scheußliche Flüche aus. »Los«, sagte er dann, »ich warte bloß noch, bis ihr euren Gang angetreten habt . . . Büttler, du kannst schon den Wagen wenden. . .«

Joseph begriff die fürchterliche Gefahr erst, als das Brummen des Motors plötzlich heller anschwoll und der ganze Wagen zu zittern begann . . . er spürte, wie der Schweiß der Angst, der Todesangst ihm aus allen Poren quoll . . . sein Herzschlag setzte aus, und mit der letzten, allerletzten Kraft seiner fast ermatteten Hände klammerte er sich in dem Gestänge unter dem Wagen fest . . . und dann hob er die Beine und klemmte die Füße irgendwo zwischen ein Rohr und den Boden des Wagens; aber er hing nur ganz lose, und als der Wagen nun zurücksetzte und das Manöver des Drehens begann, fuhr er rückwärts bis zum Straßengraben, die Räder rutschten ab, und die Umklammerung der Hände löste sich von dem Stoß. Mit dem Kopf nach unten, die Beine oben festgeklemmt, hing er hilflos unter dem Auto, dessen Räder sich auf der Stelle drehten; er unterdrückte die wilden Schreie, die aus seinem Inneren brechen wollten ... fast besinnungslos vor Schwäche, Erregung und Todesnot klammerte er sich noch einmal fest, aber den Lauf der Tränen konnte er nicht hemmen ... sie brachen wild und heiß aus seinen Augen, und er erblindete von ihrer Flut...

Irgendwo im Unterbewußtsein spürte er noch, wie der Wagen erzitterte, als Germat aufs Trittbrett sprang ... aber die Tränen quollen und quollen aus ihm heraus, als habe das unendliche Leid der Verlorenheit die Hülle seines Willens durchbrochen und sprenge nun hinaus in die schweigende Nacht...

Er konnte sich nicht erinnern, wann er die Umklammerung der Hände und Füße gelöst hatte ... wie einen letzten Hauch der entsetzlichen Not spürte er, wie die Räder scharf an seinem Kopf vorbeirasten; dann fand er sich zerschunden ... schmutzig ... müde und hungrig, naß von seinen Tränen auf der harten, blanken Straße.

Es war so furchtbar, allein zu sein, daß er fast die Gesellschaft der Henkersknechte und die ganze tolle Spannung der Jagd zurückwünschte...

Die Dunkelheit hatte sich verdichtet; lautlos und schwer lag der Mantel der Nacht über der Erde. Joseph hatte die Straße verlassen, um das Geräusch seiner Tritte nicht laut werden zu lassen, und ging nun über den weichen Ackerboden neben der Landstraße her auf Breckdorf zu. Ach, nur eine einzige Stunde wollte er sich in irgendeinem Haus einmal unter Menschen setzen ... vielleicht etwas essen, sich säubern ... sich wärmen; mein Gott, Menschen, Menschen sehen ... andere

Menschen als die, mit denen er nun monatelang hinter Stacheldraht in den Klauen der Henker gesessen hatte . . . nur eine Stunde, dann konnte er, noch bevor die Verstärkung eintraf, die Pendelposten umgehen und die Grenze erreichen, ehe es Tag wurde und dann . . . dann war da vielleicht die Freiheit. . .

Immer neben den Wegen her, nun wieder mit allen Sinnen in die Nacht gespannt, erreichte er das Dorf; aber es mußte schon spät sein; nirgendwo war mehr Licht . . . die schwarzen Blöcke der Häuser hoben sich dumpf gegen den Himmel ab . . . die Umrisse der Bäume . . . er ging an einem tief in der Stille versunkenen Hof vorbei, nahe an der Hecke, so daß ihn die Dornen streiften . . . dann stieg mit einem Male ganz plötzlich und erschreckend die große unheimliche Silhouette der Kirche vor ihm auf . . . ein wunderbar stiller Platz, von großen Bäumen umgeben, und da war ein Haus, in dem noch Licht brannte; er ging vorsichtig und langsam; nur kein Hundegebell wecken . . . wie die Wölfe würden die Häscher über ihm sein. . .

Sein Kopf schmerzte entsetzlich; ein bohrender Schmerz, als wühle ein unbarmherziger Finger in seinem zermarterten Gehirn . . . zerkratzt war sein Gesicht, naß und schmutzig war er bis auf die Haut . . . und so müde, so müde, daß er seine Beine bei jedem Schritt mit einer Anstrengung hochheben mußte; endlich stand er gegen die dunkle Tür gelehnt und tastete nach einer Klingel; laut und hell schrillte im Flur eine Glocke auf, so daß er erschrak, er hörte flinke, stille Schritte . . . das Licht wurde angeknipst und quoll unter der Tür heraus. . . Mein Gott, wenn er nun ausgerechnet einem Parteihelden ins Haus schneite; aber der Schrecken hatte keine Gewalt mehr über sein zermürbtes Bewußtsein, eine plötzlich aufwallende Übelkeit schien den Magen umzustülpen. . . Herrgott, nur Ruhe, Ruhe und ein wenig Brot. . .

Er taumelte durch die geöffnete Tür und fand noch die Kraft, der dunklen Gestalt zuzuflüstern: »Schnell . . . schnell . . . schließen Sie die Tür. . .«

Vom Licht geblendet, von seinem Elend überwältigt, stand er schluchzend, jämmerlich und schmutzig an die Wand gedrückt und blickte aus seinen schmerzhaft zusammengekniffenen Augen auf den erschrockenen Kaplan, Musik, irgendein Bruchstück einer verklingenden schwermütigen Melodie, drang an sein Ohr und als sei die ganze dunkle Sehnsucht der Menschheit nach dem Paradies in diesen kleinen Fetzen Musik gedrängt, süß und schwer, von Trauer umwölkt: Das traf ihn wie das Geschoß des Todes; er fiel um wie gefällt. . .

Als er die Augen wieder aufschlug, sah er zunächst nur Bücher . . . er starrte gegen die ganze Wand von Büchern, deren bunte Titel sanft und mild erglänzten in dem matten Schein einer Studierlampe. Im Rücken spürte er die Wärme eines Ofens; er saß in einem schweren, weichen Sessel, auf guten Polstern, rechts von ihm war ein großer, flacher, schwarzgebeizter Schreibtisch; eine warme, männliche Stimme fragte: »Nun?« und als er sich erschreckt umwandte, sah er in das schmale, bleiche Gesicht des Kaplans, der über ihn gebeugt war. Das erste, was er vernahm, war ein wunderbarer Geruch von gutem Tabak und guter Seife, vermischt mit jener neutralen und angenehmen Geruchlosigkeit, die in Beichtstühlen herrscht ... große, kluge graue Augen sahen ihm aus der weißen Fläche des Gesichts entgegen, von einem leichten Schleier der Kühle verhangen ... sie sahen ihn mit einer fast unpersönlichen Neugierde an, und dann kam die zweite Frage: »Und nun?« ... aber Joseph starrte traumverloren auf die Tapete, diese prächtige, saubere, warme gelbe Tapete ... schöne geschmackvolle Stiche hingen an den Wänden ... ein Traum von Wohnlichkeit und Wärme, Schönheit und Geborgenheit lag über dem Raum; es war ein so fürchterlicher Gegensatz zu den Ställen, in denen sie im Lager gehaust hatten, daß ihm wieder unwillkürlich die Tränen kamen ... mein Gott, dieser Sessel, weich und menschlich, wirklich zum Sitzen geschaffen! Das bleiche Gesicht des Kaplans zuckte nervös zum Schreibtisch, wo ein paar Bücher aufgeschlagen waren und Papiere verstreut lagen. »Na?« fragte er noch einmal, aber er löschte den ungeduldigen Zug sofort aus seinem Gesicht, als schäme er sich. Joseph wandte langsam seinen Kopf zu ihm hin.

»Vielleicht haben Sie etwas zu essen für mich ... waschen müßte ich mich auch einmal ... und dann weiter... weiter ...«, er stand schnell auf und deutete mit einer hilflosen Gebärde an sich herunter, »sie sind hinter mir her ... in einer halben Stunde muß ich weg sein ... mein Gott, ich träume hier...« Er hatte die Hände ungeduldig geballt und wartete zitternd...

Der Kaplan hatte schon die Hände von sich gespreizt und sagte bedauernd: »Meine Haushälterin ... ist«, aber dann unterbrach er sich, winkte der jämmerlichen Gestalt, ihm zu folgen, und trat in den Flur hinaus. Joseph schlich hinter ihm her.

»Sie sind aus dem Lager?« fragte er auf dem Wege zur Küche. Joseph brummte heiser: »Ja.« Die Küche war so blitzsauber, daß man hätte glauben können, es wäre noch nie darin gekocht worden; sie schien gleichsam nur zum Ansehen ... alles glänzte im Licht der gläsernen Lampe ... kein Stäubchen zu sehen und nirgendwo stand Geschirr herum ... die Schränke waren verschlossen, und dem Ofen sah man an, daß er eiskalt war. Der Kaplan rüttelte ungeschickt an einem Schrank. »Mein Gott«, sagte er kopfschüttelnd, »sie nimmt die Schlüssel immer mit...« Aber Joseph hatte das Stocheisen aus dem aufgeräumten Kohlenkasten genommen und sagte nun ganz kurz, mit einem merkwürdigen, fast zynisch-kalten Zug um den Mund: »Sie gestatten wohl...« Erschrocken und entsetzt wandte sich der Kaplan um, doch Joseph drängte ihn beiseite, klemmte das Stocheisen zwischen die Schranktüren und brach sie mit einem heftigen Ruck auf ... mit fast lauernden Augen betrachtete er seufzend die Herrlichkeiten...

Empörung, gemischt mit einem leisen Ekel, saß auf dem Gesicht des Kaplans, der nun, die unruhigen Hände auf dem Rücken, diesem Mann zusah, der am Tisch die dicken Scheiben Brot, mit Butter und Wurst belegt, fast verschlang ... unheimlich war diese zerlumpte, völlig verdreckte Gestalt in dem verschmierten Drillich ... die wirren schmutzigen Haare und diese furchtbare Eßlust in den großen grauen, merkwürdig schillernden Augen; in der Stille war nichts zu hören als das Geräusch des Kauens ... und manchmal ein seltsames Schnauben, als sei er erkältet und habe kein Taschentuch; der Kaplan konnte den Blick einfach nicht lassen von dem Mann, aber dieser schien ihn gar nicht mehr zu bemerken...

Es schien, als sei die Zeit stehen geblieben und die Welt bestünde nur noch aus dieser Küche, in der er zitternd neben diesem Vagabunden saß, der aß und aß...

Joseph hielt den Brotlaib in der Linken, das Messer in der Rechten und schien zu zögern ... aber dann warf er das Messer auf den Tisch ... schob das Brot weg und stand auf. »Sie hätten mir ja wenigstens etwas zu trinken anbieten können, oder haben Sie schon mal mehr als ein Dutzend Scheiben so gegessen...«, sagte er mit aufrichtigem Ärger; dann ging er zum Waschbecken, fischte mit einer aufreizenden Sicherheit die Seife aus dem eingemauerten Behälter und begann sich prustend zu waschen ... auch die Handtücher, die hinter dem Herd unter einem sauberen Tuch verborgen waren, fand er, als kenne er das Haus schon in- und auswendig. »Reine Wäsche, das wäre jetzt das richtige ... und die Füße noch gebadet...«, murmelte er aus dem Handtuch heraus, mit dem er heftig und fast lustvoll sein Gesicht und den Kopf abrieb; er hatte das Tuch wieder aufgehängt und wollte eben nach einem Kamm fragen, da blickte er zum ersten Male voll in das Gesicht des Kaplans. »Mein Gott«, sagte er leise, mit kindlichem Erstaunen, »Sie sind doch nicht böse auf mich?«

»Nein«, lachte der Kaplan mit einem ärgerlichen Schnauben, »Sie sind der liebenswürdigste Mensch, der mir je vorgekommen ist...« Er stand wartend an der Tür. Joseph ging kopfschüttelnd an ihm vorüber, in den Flur hinaus, auf das Studierzimmer zu ... er schüttelte immer noch den Kopf, als er dort wieder im Sessel saß...

Der Kaplan hatte draußen die Lichter ausgelöscht, die Türen wieder verschlossen und trat nun eilig ein, fast als fürchte er sich, den Menschen allein zu lassen. Die seltsame Maske einer gewissen Härte lag auf seinem Gesicht, wie wir sie manchmal bei Leuten sehen, die berufsmäßig mit der Armenfürsorge zu tun haben.

»Ich muß Sie dennoch um einiges bitten...«, sagte Joseph nun, und er sprach jetzt fast geschäftsmäßig kalt, »erstens einen Kamm, denn, vielleicht kennen Sie das Gefühl, man fühlt sich so merkwürdig unfertig, wenn man gewaschen und nicht gekämmt ist ... danke«, er nahm den schwarzen Kamm entgegen und kämmte sich wohlig das Haar, »und dann, eine Zigarre, wenn Sie eine haben ... und, verzeihen Sie, ein Schluck Wein ... ich glaube, dann schaffe ich es spielend über die Grenze ... ich fühle mich so stark und habe gar keine Angst mehr...« Der Kaplan reichte ihm wortlos eine Zigarre und die Streichholzschachtel. »Jetzt verstehe ich auch, warum diese saudummen Henkersknechte im Lager uns so überlegen sind, weil wir immer hungrig und oft auch schmutzig sind.« Er rauchte mit tiefen Zügen und betrachtete abwechselnd die Zigarre und seine Fingernägel, dann sagte er ganz leise: »Verzeihen Sie«, und reinigte sich mit dem abgebrochenen Streichholz die Fingernägel. . . »So . . . jetzt fühle ich mich fast wohl . . . fast.« Er sah langsam und aufmerksam in das Gesicht des Kaplans, und es kam ein mitleidiger Zug in sein Gesicht. »Ich weiß ja nun wirklich nicht, worüber Sie sich ärgern. . .« Der Kaplan stand plötzlich mit einem heftigen Ruck auf, als sei ein Feuer unter ihm ausgebrochen . . . und er ging unruhig vor den Bücherregalen auf und ab . . . sein Gesicht zeigte ein seltsames Gemisch aus Angst, Trauer, Empörung und Unsicherheit. . .

»Eigentlich«, fuhr Joseph fort, als er keine Antwort erhielt, »könnte ich ja ein wenig beleidigt sein, da Sie mir keinen Wein anbieten . . . aber objektiv betrachtet bin ich wirklich fast ein liebenswürdiger Mensch. . .« Der Kaplan blieb plötzlich vor ihm stehen und fragte stokkend: »Sind Sie. . . Sind Sie . . . ein Krimineller?« Josephs Augen wurden hart und schmal, er blickte ihn forschend an: »Selbstverständlich habe ich ein Verbrechen gegen diesen Staat begangen, und ich vermute, daß Sie auch dabei sind, eins zu begehen.« Er blickte kurz auf die verstreuten Manuskriptblätter, die auf dem Schreibtisch lagen. »Es sei, daß Sie wirklich die Ideen, die Ihre Uniform dokumentieren will, vertreten. . .«

»Das lassen Sie nur meine Sorge sein. . .« Der Kaplan lachte, und es schien, als versuche er nun, der Lage wenigstens Humor abzugewinnen. Noch einmal wiederholte Joseph die Frage nach dem Wein, aber der Kaplan lächelte nur unsicher . . . aber er erbleichte vor Schrekken und hätte fast geschrien, als Joseph nun plötzlich vor ihm stand, und er machte eine verzweifelte Abwehrgeste, als Joseph ihn nun beim obersten Knopf der Soutane faßte. »Ja«, sagte er leise, ganz leise, »ich hole Ihnen ja den Wein. . .«

Aber Joseph knallte die Zigarre wütend auf den Schreibtisch, dann ließ er den Knopf wieder los. »Ach«, er winkte müde ab, »wenn Sie nur begreifen könnten, welchen Wein ich von Ihnen wünsche . . . was nützt Ihnen eigentlich dieser ganze Schatz hier«, er umschrieb die Bücher mit einer wilden Geste, »Sie haben ebensoviel daraus gelernt wie Ihre Konfratres vor fünfzig Jahren aus den süßlichen Pandekten, die wir heute verachten, und hier«, er stieß dumpf mit der Faust gegen die Bücherwand . . . dann stockte er, als er das gequälte Gesicht des Kaplans sah, aber seine Rede floß fort, wie ein Quell, der einmal angebohrt ist: »Ihr sitzt in euren Sicherheiten wie in einer Badewanne voll lauwarmen Wassers, so in dem Zwischenzustand, wenn man zu feige ist, herauszuspringen und sich abzutrocknen . . . aber ihr bedenkt nicht, daß das Wasser aufgrund unerbittlicher Gesetze kalt wird . . . so kalt wie die Wirklichkeit. . .«, seine Stimme hatte den anklägerischen Ton verloren und war nun fast flehend . . . er löste seinen Blick von den erschreckten Augen des Kaplans und suchte schnell an den Titeln der Bücher herum. »Hier«, sagte er dann traurig, »ich versprach Ihnen ja, mein Verbrechen zu nennen«, und er warf eine kleine Broschüre auf den Tisch: »Das ist es . . . und nun, auf Wiedersehen. . .« Er holte tief Atem und umfing den Raum mit einem letzten Blick, dann kniete er sich nieder und sagte leise: »Segnen Sie mich, ich habe noch einen gefahrvollen Weg. . .« Der Priester faltete die Hände und machte das Zeichen des Kreuzes über ihn; und als er ihn zurückhalten wollte mit einem hilflosen Lächeln im Gesicht, sagte Joseph leise: »Nein. Verzeihen Sie . . . ich muß jetzt gehen . . . es gilt mein Leben. . .« Und bevor er das Haus verließ, zeichnete er das Kreuzzeichen über die schwarze Gestalt. . .

Draußen war es ganz finster geworden, als habe die Nacht sich zusammengeballt; das Dorf schien zusammengeduckt unter der Dunkelheit wie eine Herde in einem finsteren Gewölbe, von einem tierischen Schweigen wie verschlungen . . . es war, als stemme die Einsamkeit sich Joseph in ihrer ganzen Kälte entgegen, als er sich nun vorsichtig durch die düsteren Gassen wand, um das freie Feld zu gewinnen; es war wie ein wunderbarer Trost und fast wie ein letzter Gruß, als hinter ihm die Schläge der Kirchenuhr in die Nacht hallten . . . viermal hell und fast froh tönte es vom Turm . . . und dann zweimal dunkel und schwer, als falle der Hammer Gottes in die Ewigkeit. . .

In der stummen Finsternis waren diese Klänge wie eine Mahnung zur Zuversicht. . .

Bald konnte er die Oberfläche der Erde und die gröberen Hindernisse unterscheiden . . . Hecken und Sträucher und Gräben . . . er konnte nur seinem Gefühl folgen, indem er instinktmäßig die Richtung der Straße, die quer zur Landstraße verlief, beihielt. . . Er spürte fast nichts; sein Herz war von Stille erfüllt, von der unendlichen Stille des Leidenden, auf die es keine Antwort gibt unter dem ganzen Firmament, keine Antwort als die

Verheißung Gottes, die auf der ganzen Erde ausge-
spannt ist überall, wo um des Kreuzes willen gelitten
wird... Er war so weit, so weit von allem Haß und aller
Bitternis, daß die Gebete sich ihm formten wie stille
reine Flammen, die aus den Gärten des Glaubens, der
Hoffnung und der Liebe aufbrechen, unschuldig und
schön wie Blumen...

Er hatte einen Wald durchquert, indem er sich vor-
sichtig von Stamm zu Stamm tastete, um nicht in der
Finsternis sich zu stoßen; und als er nun ins Freie trat,
sah er Lichter; rechts von ihm, gespenstisch und fern,
stiegen von gelblichem Licht beleuchtete große Gebäu-
de, Gerippe aus stählernen Trägern auf... und dahin-
ter glühten die roten Mäuler der Hochöfen wie die
Schlünde der Unterwelt. Mein Gott, das mußten ja
schon die Werke von Gordelen ein! Gleich dahinter ver-
lief ja die Grenze! Das konnte kaum noch eine halbe
Stunde sein... Vor ihm fiel das Gelände ab und wurde
von einer Reihe von Bäumen aufgefangen, deren Umris-
se er im Widerschein des Lichtes aus der Ferne erkann-
te; und er sah, wie die Baumreihe fortlief... weit über
die dunkle Fläche auf das Werk zu; das mußte eine Stra-
ße sein; jenseits der Straße lag alles im Finsteren, dort
schien wieder ein großer Wald sich auszudehnen, viel-
leicht bis über die Grenze...

Es war nichts zu hören als ein seltsam fernes, fast mur-
melndes, mahlendes Geräusch von den Hochöfen und
Gruben her...

Die Fläche vor ihm schien ganz eben zu sein, eine
Wiese ohne Baum und Strauch; er ging ein wenig nach

links . . . aber auch dort war keine Möglichkeit, gedeckt an die Straße zu kommen; er zögerte . . . immer deutlicher sah er die starre Linie der Bäume dort unten auf dem dunklen Untergrund der Straße . . . es war fast, als sei eine unendliche Reihe von Zähnen dort unten aufgepflanzt; die Angst bemächtigte sich seiner wieder und rüttelte wild und höhnisch an dem Gewand seiner Gelassenheit . . . es war ihm nun, als erkenne er das ungeheure Grinsen eines in die Breite gezogenen Maules in diesem Antlitz der Nacht . . . er lief einfach los und stieß sich fast gewaltsam von dem Baum ab; und es war, als schlinge ihn die abschüssige Wiese hinunter; er hatte nicht erkennen können, wie steil sie war. . .

Und dann schoß plötzlich, als werde der Himmel entzwei gerissen, die grelle Garbe eines Scheinwerfers gerade vor ihm auf, als sei er von ihm angezogen worden; er fiel, wie von einem Schlag getroffen, mitten im Lauf um . . . schmerzhaft schlug er aufs Kinn, und sein Gesicht bohrte sich in den herben, kühlen nassen Grund, während der Scheinwerfer wie eine ungeheure gelbe Peitsche über ihm auf- und niederzuckte; er hörte, eingebohrt in die Erde, den Anruf nicht, und dann raste eine Garbe von Schüssen wie ein apokalyptisches Gurgeln vor ihm in die Erde . . . die Geschosse flappten in den Boden; er lag da, festgenagelt von dem mörderischen Licht, auf der abschüssigen Wiese wie ein ausgelegtes Ziel . . . und bevor die nächste Folge von Schüssen ihn durchsiebte und zerriß . . . schrie er . . . schrie er . . . schrie er so laut in seiner Verlassenheit, daß der Himmel hätte einstürzen müssen; er hatte den Kopf noch einmal erhoben und schrie mit geblendeten Augen . . . aber der nächste Stoß aus dem bleckenden Maul löschte seine Schreie aus. . .

Es war ganz still, als die Henkersknechte um ihn standen und mit der Taschenlampe die Fetzen seines Leibes beleuchteten, der so vollkommen der Erde gleichsah, daß man hätte glauben können, die Erde selber habe geblutet. . .

»Ja . . . das ist er«, sagte eine gleichgültige Stimme. . .

Gefangen in Paris

Mit der großartigen Kaltblütigkeit des Soldaten plünderte Reinhard sorgfältig den zerschossenen Wagen des Zahlmeisters aus. Die letzten Rückzügler waren längst in dem wie ein Fächer sich öffnenden Bündel von Straßen verschwunden, und vom Feind war nichts zu hören und zu sehen ... still und verlassen brütete der von Geschossen zerwühlte Park, und wie eine gespenstische leere Bühne gähnten die Fassaden der Häuser ... aus manchen Fenstern flatterten die Vorhänge wild und fast sehnsüchtig heraus, und man glaubte fast, das verängstigte Atmen der Leute in den Kellern zu hören, die dieser unheimlichen Stille nach dem brausenden Lärm des auslaufenden Angriffs nicht zu trauen wagten. Das Halbrund des Platzes, dessen flache Seite sich an den Park schmiegte ... dieses Mittelstück des Fächers, von dem die Straßen wie vornehme schlanke Finger abliefen ... war mit Stahlhelmen, Gasmasken und zerschmetterten Gewehren übersät ... der strahlende, lächelnde Himmel wölbte sich verheißend über der unvergleichlich schönen Stadt, deren Glanz und Schönheit aus jedem der unzähligen Fenster zu locken schien. Und zwischen Fetzen von Kriegsgerät in der grünen, weichen und satten Fläche des Rasens, der von Laufgräben zerfurcht war ... lagen Leichen, Leichen in grauen Uniformen ... man hätte glauben können, in die Atempause einer Revolution geraten zu sein, die ihren Brennpunkt in einen anderen Stadtteil verlegt zu haben und alles Leben dorthin gesaugt zu haben schien ... während die Leichen auf der Wiese, wie zu einem ewigen Weinen erstarrt, sich an die Erde geschmiegt hatten, vibrierte die zärtliche Luft des Sommers unter den Bäumen der Allee wie von heiteren Küssen...

Reinhard hatte seine Waffen und sein Gerät neben den lahmgeschossenen Wagen geschleudert und suchte nun in den durcheinandergewirbelten Kartons ... er fand Kostbarkeiten, die er während der langen, langen Jahre des Krieges nie gesehen hatte. Märchenhafte Zigarren und Seifen, deren Duft allein den Frieden hätte bedeuten können ... Schokolade und Biskuits ... kostbarste Wäsche. Mit einer rätselhaften Geschwindigkeit hatte er sein schmutziges, verschweißtes Hemd ausgezogen und fühlte nun ein neues, seidenes wohltuend auf seinem Körper. Dann stopfte er sich systematisch, um möglichst viel unterzubringen, die Taschen voll ... es war ein rauschhaftes Gefühl des Glückes, so wahllos in Köstlichkeiten zu wühlen, in dem wilden, herrlichen Bewußtsein, daß der Krieg, der grausame, endlos scheinende Krieg, sich nun aufzulösen begann ... daß er unerbittlich auseinanderfloß und zerstob wie eine graue, zähe Wolkendecke, die von den goldenen Peitschenhieben der Sonne zerstreut wird ... der Krieg löste sich auf; es war Reinhard, als sei er luftdicht festgeschraubt gewesen unter einem riesigen Stahldeckel, der sich plötzlich gelöst habe, und nun tauche er auf in das Licht und die Luft und atme, atme mit einem wilden, mächtigen Gefühl der Freiheit ... er zog lächelnd an seiner prächtigen Zigarre und ließ eine blaue Wolke von Qualm in die herrliche Luft; er dachte an seine Frau, ach, er würde sie bald wiedersehen, bald würde das Leben beginnen, und er schleuderte lachend ein paar Schachteln Zigaretten in den Wagen zurück, um für sie, für die kleine, süße Geliebte, noch ein paar Stück von dieser kostbaren Prinzessinnenseife unterzubringen ... dann bückte er sich, um das Koppel aufzuheben und um die geschwollenen und schwankenden Hüften zu schnallen ... aber im nächsten Augenblick lag er mit fliegendem Atem flach an den heißen, stinkenden Asphalt gepreßt...

Aus dem kleinen Wäldchen hinter der Wiese stieß in irrsinniger Geschwindigkeit in breiter Front eine ganze Kolonne jener flitzenden kleinen, mit gelblich uniformierten Soldaten besetzten Autos heraus, die blindlings feuernd sich dem Halbkreis näherten ... auch der letzte Rest der Stille verflog, als über ihm eine Scheibe des Wagens unter einem Geschoß krachend zersplitterte ... die jäh ihn überfallende Angst hielt ihn umkrallt und hinderte ihn an einer kühlen Rückschau; seine plötzlich verdunkelten Augen sahen nichts als die unbarmherzig glatte Fläche des Platzes, über die keine Flucht möglich war; die kleinen gelben Wagen hatten die Allee erreicht, vereinten sich auf dem Halbrund wie eine Koppel kleiner, flinker, kläffender Köter und streuten sich dann in die Straßen aus ... einer von ihnen fuhr haarscharf an Reinhards Kopf vorbei, aber Reinhard hatte sich schon längst mit jener gleichzeitig abwehrenden und umarmenden Gebärde zusammengekrümmt, die er so oft bei den Toten gesehen hatte . . . das wohlige Brummen gepflegter Panzer näherte sich von der Wiese her, und er wagte nun einen knappen Blick an dem plattgedrückten Reifen vorbei, und als er die anrückenden Kolonnen Infanterie erkannte, wußte er, daß nun Zeit zum Handeln sei . . . die Kriegsmaschine schob sich wie ein grausamer Vorhang auf ihn zu . . . und irgendwo weit hinten in der Richtung, wohin die Straßen sich öffneten wie rettende Schluchten, war das kleine, geliebte Gesicht seiner Frau . . . er kniete sich, hinter dem zerschossenen Wagen verborgen, auf und raste plötzlich mit der fast grotesken, unwahrscheinlichen Schnelligkeit eines Irren auf die nächste Straßenöffnung zu . . . aber ohne daß er es gemerkt hatte, war einer der Panzer, gefolgt von einem Trupp Infanteristen, schon bis zur Straße vorgedrungen . . . und aus der besinnungslosen Angst seiner blinden Flucht wurde er jäh und schnell herausgerissen durch das grausame Flattern einer Panzergranate, die hart über seinen Kopf huschte wie ein gräßlicher Vogel und dann in einer Häuserfassade mit gräßlichem Lärm krepierte . . . er warf sich nieder und kroch, von Angst verstört, weiter, während weitere Granaten über ihn wegpufften wie die Faustschläge eines von Wut Übermannten, die in die Luft gehen . . . immer wieder dieses wehende Flappen über seinem Kopf, dann der Lärm des Berstens, der in der Straße wie in einer Stube widerhallte . . . und die zwölf Meter bis zum Beginn der Straße waren wie eine mörderische Ewigkeit zwischen Tod und Leben. Er sprang auf und raste, raste in die Straße hinein wie in die offenen Arme eines Lebens . . . flatternde

Vorhänge, offene Fenster und zerkratzte Häuserfassaden begleiteten ihn wie ein Traum ... und die Sekunden wurden wie ungeheure Wellenberge der Angst, die er durchkämpfen, durchwühlen mußte; er blickte sich um und sah, wie das Rohr des gelben Ungeheuers wie ein stummer, drohender Rüssel um die Ecke bog, und wie eine ganz besondere Grausamkeit empfand er die Lautlosigkeit der begleitenden Soldaten, die die nächsten Hauseingänge besetzten und ihm in ihrer näselnden Sprache zuriefen, sich zu ergeben, ehe das nächste Geschoß an seiner Schulter vorbeisauste, so daß er den kalten Lufthauch spürte, und dann mitten in ein riesiges Schaufenster schlug, das mit grellem fürchterlichen Lachen zersplitterte ... und wieder lag er auf der Erde ... kriechend und sich hin und her werfend, die Richtung jäh ändernd wie ein Wild ... vom fast süßlichen Singen der Infanteriegeschosse und dem gräßlichen Knallen des Panzers umflattert, erreichte er schwitzend und völlig erschöpft, schmutzig den Rand der Straße ... näher grollte das scheußliche gelbe Untier, während die Soldaten von Hauseingang zu Hauseingang hüpften ... Geschrei und Gestank, Lärm, Lärm ... und eben wollte er sich mit aller Wucht gegen eine Haustür werfen, da blitzte ein Schuß gerade aus dem gegenüberliegenden Kellerloch, streifte seinen Arm, prallte an der Mauer ab und sauste dann mit drohendem Summen querab in die Unendlichkeit; da warf er sich, völlig verzweifelt und fast geneigt sich zu ergeben ... wieder vorwärts die Straße hinauf ... jede Sekunde vor Augen das geliebte, geliebte kleine Gesicht, und ... da tat sich rechts ganz unvermittelt eine kleine Quergasse auf ... er stürzte sich hinein wie in einen Abgrund ... schrie auf, und das kleine Gesicht wurde groß und lächelnd, als er blind vor Erschöpfung, trotz des hellen, hellen, lächelnden Himmels fast tastend die nächstbeste Tür erreichte, sie leicht mit der Schulter eindrückte, und als kenne er das Haus seit Jahren, fand er, ohne zu suchen, den Riegel, mit dem es zu verschließen war; dann stand er still, an die Tür gedrückt, und lauschte mit angehaltenem Atem ... es war kaum eine Minute her, daß er hinter dem zerschossenen Wagen aufgesprungen war, um auf das geliebte Gesicht gleichsam zuzulaufen, ohne Besinnung...

Er war von der tollen Erregung bleich geworden und zitterte an allen Gliedern, als fröre er; er hörte das Anrollen des Panzers ... mehrere ... Rufe aus den Kellern und Antworten der Soldaten in ihrer rohen, gleichsam gekauten Sprache, selbst diese verhängnisatmende Lautlosigkeit ihrer Gummisohlen glaubte er zu hören, aber er schien von Angst wie festgenagelt, während draußen die Straße zu erwachen schien, fast als habe er allein, seine Gegenwart sie in Schach gehalten.

Ein ganz leiser Ausruf des Schreckens, wie sie uns in der höchsten Gefahr gleichsam zu entschlüpfen scheinen, weckte ihn aus der Erstarrung auf ... er wandte sich erschreckt um und sah eine schlanke, dunkelhaarige junge Frau im Dämmer des langen Flures ... die Hände abwehrend ausgestreckt, märchenhaft unwirklich und zart, umflossen von einem rosa Gewand.

Im verschwimmenden Dämmer des Flures waren ihre Hände, das Gesicht und das Kleid fast eine Fläche, nur der dunkle Klecks des Haares stand lebendig und fest in der grauen, wie gesponnenen Luft ... die Gebärde des Schreckens löste sich ... sie kam langsam näher, ihr Gesicht tauchte wirklich und jung, immer noch ängstlich in die Helle, die durch das milchige Glas der Tür fiel, und Reinhard machte eine so dringende und von der Not erfüllte Gebärde des Schweigens, daß sie unwillkürlich ganz leise auftrat ... während er mit den Ohren nach draußen lauschte, gespannt und gebannt, als müsse er der Fülle von Geräuschen draußen sein Schicksal gleichsam erpressen ... forschten seine Augen in dem reizenden Gesicht der jungen Frau, und als er aus der menschlichen Güte ihres Blickes erfahren hatte, daß sie nicht willens war, ihn ins Verderben zu drängen, überflog er schnell, fast nur als suche er eine Bestätigung, das ganze Gesicht ... der zarte kleine, von der Angst noch etwas nach unten hängende Mund, die kindliche süße Stirn ... die feine Nase und das kluge Kinn, vom Rahmen der rabenschwarzen Haare auf eine kleine weiße Fläche alles zusammengedrängt ... dann wandte er die Augen ab, als wolle er das Milchglas durchbohren, und flüsterte heiser, zu ihrem Erstaunen in flüssigem Französisch: »Wenn Sie mir helfen wollen, beschaffen Sie mir Kleider...« Sie schien erst nicht zu begreifen, sah ihn einen Augenblick erstaunt an, dann huschte sie in den Flur zurück ... er preßte die Hände zusammen, um seine wilde, wilde Erregung zu unterdrücken, denn er hörte, wie in der Nachbarschaft an die

Türen gepocht wurde ... mühsam mit vibrierenden Händen nestelte er eine Zigarette aus seiner Tasche und erschrak dann furchtbar von dem Geräusch des aufflammenden Streichholzes; er empfand die Lautlosigkeit, mit der die Frau durch den Flur zurückkam, schnell und still, wie eine wunderbare Liebkosung ... er packte, ohne zu danken, schnell das Bündel, das sie ihm entgegenhielt ... lief in den Dämmer des Flures hinein und begann in rasender Eile sich umzuziehen ... es war wie eine Fügung, daß er das weiche weiße Seidenhemd schon am Körper trug, denn sie hatte die Wäsche offenbar vergessen; aber schon pochte es hart und ungeduldig mit Kolbenschlägen an die Tür, und er erzitterte, denn er hatte gefühlt, wie schwach der Riegel war, aber da hörte er die Stimme der Frau, und als er diese sanfte und liebevolle und doch so wunderbar kühle Stimme hörte, wußte er, daß er gerettet war; sie sagte empört: »Einen Augenblick, mein Herr, ich muß mich erst ankleiden...«, und sie wiederholte dasselbe in englischen Brocken, worauf eine derbe, brummende Antwort erfolgte, der man, ohne sie zu verstehen, die von einem breiten Grinsen begleitete Zote anhörte ... aber Reinhard hatte sich umgezogen und mit den Kleidern gleichsam ein herrliches leichtes Gefühl der Freiheit angezogen, das ihn berauschte; er tastete sich zur Kellertür, warf den schmutzigen Plunder die Treppe hinab und lief auf den Socken zur Tür; die Frau betrachtete ihn lächelnd, und er fragte sie noch flüsternd: »Sind sie eigentlich allein im Hause«, und als sie nickte, schob er ruhig den Riegel zurück ... eine ungeheuer große Gestalt von fast tierischer Vollendung in allen Maßen, ein kindlich unbehauenes Gesicht, und die gleichzeitig verlegen und doch drohend ausgestoßene Frage in französischen Brocken: »Deutscher Soldat . . . nicht gesehen?« und da er die Frage an die Frau richtete, antwortete diese auch ruhig »nein« und schüttelte den Kopf, und als er dann den Blick auf den Mann legte, schwer und forschend, fast als packe er die große Faust auf seine Schulter, fuhr sie fort: »Das ist mein Gatte, er ist . . .«, aber das Wort »stumm« wurde ihr von Reinhard liebenswürdig abgeschnitten, der mit einem prächtig gespielten Stolz seine Stirnhaare hochschob und eine noch rötlich schimmernde breite Narbe sehen ließ, die wie ein Hieb quer auf der Schläfe saß: »Ich bin verwundet, Kamerad . . . oben am Kanal war es . . . bei«, und er griff in seine Rocktasche, als wollte er Papiere hervorsuchen. »Legionär«, murmelte er noch, aber der Riese schien von dem blendenden Französisch schon überzeugt, wenn er überhaupt gezweifelt hatte, er griff lächelnd, grüßend und entschuldigend zugleich, zur Mütze, und es war eine unvergleichliche tierhafte Eleganz in seinen Bewegungen, als er sich umwandte und seine Schultern zur Tür hinausschob. »Das ist nicht Europa«, sagte die Frau leise . . . dann waren die beiden allein. . .

Nachdem die Not und das Mitleid, gleichsam die Triebkräfte zu diesem kleinen Theater, vorerst versunken waren, überfiel sie zunächst eine Verlegenheit. Reinhard wischte sich die schweißbedeckte Stirn und sog heftig an der immer noch brennenden Zigarette . . . er glaubte immer noch, halb zu träumen, denn es war eine

Ewigkeit, die, in Minuten zusammengedrängt, über ihn hergefallen war; mit einem hilflosen Lächeln fragte er traurig: »Was nun?« ... kaum fünf Minuten konnte es her sein, daß er, vom Frieden träumend, am Wrack des Autos gestanden hatte ... in der Stille des Nachmittags verloren ... und nun stand er hilflos und arm in diesem dämmerigen kühlen Flur neben der fremden Frau, verwundet vom Anblick ihrer kostbaren Schönheit, in seinem Elend – ... mitten, mitten im tiefsten Elend...

Kühl und abweisend war das Gesicht der Frau, als erkenne sie erst jetzt, was sie in der Erregung getan; sie schien zu überlegen, während die ungeheure Stille des Hauses, noch gesteigert durch den Lärm der Straße, zwischen ihnen durchrieselte, fremd und erdrückend...

Endlich schob sie mit einer resignierten Bewegung den Riegel wieder vor die Tür, ging in den Flur hinein und sagte kalt: »Kommen Sie«, ... es war fast etwas Geschäftsmäßiges in ihren Bewegungen, als führe sie ihn wie einen Kunden in das Sprechzimmer eines Arztes oder Rechtsanwaltes, als sie am Ende des Flures eine Tür aufstieß und eintrat; er folgte ihr bedrückt wie ein Verurteilter...

Der Geruch des dämmerigen, geschmackvoll, etwas übersatt ausgestatteten Zimmers kam ihm zart und fast hold entgegen, als sei er wirklich ein Ausdruck für das Wesen der Frau ... er spürte mit Schrecken, daß er immer, immer mehr, fast als dränge die Not und das Elend ihn unerbittlich an den Rand eines Abgrundes, von ihrer Schönheit gefangen wurde. Er schloß leise die Tür. Sie saß, die Hände aufgestützt, auf einem Sessel, er stand an eine Anrichte gelehnt. »Setzen Sie sich«, sagte sie fast ärgerlich ... er setzte sich gehorsam, und während er sich setzte, fiel ihm auf, wie prächtig ihm die Hose paßte. Lächerlich ... dachte er. Das Gesicht der Frau hob sich ihm plötzlich entgegen wie eine matte Scheibe. Ihre großen grauverschleierten Augen waren traurig, und sie sagte leise, ohne allen Unmut, als spreche sie zu sich selbst: »Wissen Sie, daß ich eben gedacht habe, daß Sie es vielleicht sein werden, der meinen Gatten vorne an der Front töten wird?« Reinhard schüttelte müde den Kopf: »Ich werde in diesem Krieg keine Menschen mehr töten, Madame.« »Wissen Sie das so genau?« sagte sie leise, fast beschwörend. »Wissen Sie, was das Schicksal mit Ihnen machen kann ... auf welche Weise es Sie in irgendeine Lage bringen kann, wo es vielleicht Ihr Leben gelten kann, wenn Sie schießen ... irgendwohin ... und kann da nicht mein Gatte sein? Sie wollen doch nach Deutschland?« Reinhard errötete. »Ich will zu meiner Frau.« Sie streifte mit einem flüchtigen Blick seinen Trauring: »Der Krieg ist noch lange nicht aus und ... wer soll einem Deutschen trauen?« Sie blickte ihn forschend an, als wolle sie ihn wirklich ergründen. »Ich hätte Sie ausliefern sollen«, fuhr sie fast monoton fort, »es hätte Sie wahrscheinlich nicht einmal das Leben gekostet ... und wenn Robert nicht wieder nach Hause kommt, werde ich mein Leben lang glauben, ich sei seine Mörderin, und«, sie lächelte plötzlich schön und innig, »ich liebe Robert mehr als mein Leben.« Er spürte, daß er erbleichte ... wild und fremd, unheimlich machtvoll, so daß jede Gegenwehr unmöglich schien ... überschwemmte ihn die Sehnsucht nach dieser Frau, die da vor ihm saß, gleitend fast wie eine geheime Trauer floß diese Sehnsucht in ihn ein, und es dünkte ihn, als lächle ihm gleichzeitig das schöne Gesicht seiner Frau zu, erbarmungsvoll und liebreich . . . ach, elend war er, elend und verloren . . . gefangen zwischen Hindernissen. . . »Befehlen Sie mir, was ich tun soll, Madame«, sagte er heiser vor Erregung, »Sie können mich meinetwegen als Gefangenen wie ein Tier im Keller halten . . . oder ich kann auch sofort Ihr Haus verlassen und mich unter die Menge mischen«, und er erhob sich . . . ach, er wollte fliehen, fliehen; aber im gleichen Augenblick erhob sich der Lärm auf der Straße wie eine Windhose, die sich nach oben bohrt . . . man hörte Geschrei . . . Türen und Fenster schlagen . . . die Frau riß die Tür des Nebenzimmers auf, lief zum Fenster und lugte mit fliegendem Atem am Vorhang vorbei . . . fliehende gelbe Gestalten hasteten die Straße hinab, und im gleichen Augenblick raste die irrsinnige Garbe eines deutschen Maschinengewehrs wie ein unsichtbarer grausamer Besen über die Straße . . . die teuflisch schnelle Folge der Schüsse gurgelte wie das leibhaftige Verderben in die Schlucht der Straße . . . alle Häuser schienen wieder völlig verlassen, leer und von der Angst wieder befallen, starrten die Fassaden. Reinhard schüttelte zitternd vor Erregung den Kopf. »Sie sind wirklich irrsinnig«, murmelte er auf deutsch . . . ohne das mißtrauische Horchen der Frau zu beachten.

Er erschrak bis ins Innerste, als die erste graue, schmutzige und verstaubte Gestalt um die Ecke bog; er kannte dieses zynische Landsknechtsgesicht . . . das war Grote, der das schlanke schwarze Maschinengewehr wie ein zartes, gefährliches Tier unter der Achsel trug . . . Grote, ein toller Bursche, der immer zwischen Fahnenflucht und der Möglichkeit, die tollsten Orden um den Hals gehängt zu bekommen, schwebte . . . und doch, arm, arm war dieses Gesicht. Sein Herz schlug wild und fordernd, er hatte alles, alles vergessen . . . er spürte gar nicht mehr, daß er die leichten, weichen Kleider irgendeines Zivilisten trug . . . die ganze graue Verlorenheit dieser Armee lag wieder auf seinen Schultern . . . und ohne nach der Frau zu sehen, ging er langsam, langsam hinaus in den Flur . . . ein dumpfes Pochen an der Tür weckte ihn aus seinem brütenden dunklen Drang, er lief etwas, riß die Tür auf und zog einen völlig zusammengesunkenen, gelbuniformierten Körper in den Hausflur, den tausendstel Teil einer Sekunde bevor eine neue Gruppe grauer Soldaten um die Ecke huschte . . . und wieder raste das irrsinnige Peitschen durch die enge Straße. . .

Reinhard beugte sich über den Erschöpften, aber die Frau, die ihm nachgeeilt war, packte ihn hart an der Schulter und schrie laut: »Er tötet ihn.« . . . Reinhard blickte sie an und löste die Hände von der Brust des Ermatteten, und in seinen armen Augen war ebensoviel unsagbares Staunen wie eine schreckliche Trauer . . . er hielt das erglühende zarte Gesicht mit seinen dunklen Augen fest und sagte leise, als traue er seinen eigenen Worten nicht: »Halten Sie mich wirklich für einen Schweinehund, Madame. . .« Dann öffnete er langsam die Knöpfe des Rockes, löste das Koppel, packte den schweren Körper unter den Achseln und schleifte ihn ins Zimmer ... langsam, mit hilflos hängenden Armen folgte die Frau. Während er in seinem Rücken die stumme Gegenwart der Frau spürte, süß und erdrückend zugleich, fast als dränge sie ihn wie eine unerbittlich sanfte Wand immer, immer näher an den Abgrund, untersuchte er mit behutsamen Händen den Fremden. Ein bleiches, fast gelbliches Kindergesicht, von der Angst verzerrt ... erstarrt von Erschöpfung ... kleine fleischige Hände ... und rührend der Schopf braunen, jungen Haares ... er konnte keine Wunde am Körper entdekken, das Herz schlug sanft, doch regelmäßig ... vielleicht schlief der Kleine wirklich nur. Reinhard wandte sich langsam um ... sein Blick huschte ängstlich hinweg über das erglühte Gesicht, dessen junge, völlig verwandelte süße Scham ihn seltsam gewaltig ergriff, und er sagte, mit dem Gesicht zur Tür gewandt: »Ich kann keine Verwundung entdecken. . .« Aber sie stammelte nur: »Pardon. . .«, und nun mußte er sie ansehen ... alles Fremde und Kalte war von ihr gefallen, und sie war ihm so nah und vertraut und so grausam schön, daß er erschrak, er ergriff mutig und lächelnd ihre dargebotene Hand, drückte sie fest, um das wilde Kreisen des Blutes nicht zu spüren, dieses seines eigenen, fremden Blutes, und dann sagte er: »Ich habe Ihnen nichts zu verzeihen, Madame. . .«

Sie empfanden beide diesen kleinen, armen, fremden Soldaten wie ein Geschenk des Himmels ... was wäre wohl aus ihnen geworden, wenn sie allein gewesen wären. Draußen hörte man in der neuen Stille das schwere Schlagen von Stiefeln auf der Straße, und das Rattern des Maschinengewehrs klang schon ferner . . . es mußte schon unten am Eingang des Parkes stehen, wo der zerschossene Wagen stand. Reinhard hatte, während sie ihm die Schüssel hielt, das Gesicht des Kleinen gewaschen, ihn zurechtgebettet, und er horchte noch einmal das milde Pochen des Herzens ab. Sie konnten einander nun frei ansehen, ohne Furcht und ohne Erröten . . . es war eine gewisse Heiterkeit freudiger Entsagung in ihren Augen, und sie wußten beide, daß sie im tiefsten Inneren einen heißen Kampf füreinander gegen sich selbst um ihre Treue zu kämpfen hatten . . . und wieder knirschte das Maschinengewehr irgendwo da unten am Park, als fahre etwas wütend über tausend kleine scharfe Zähne. Reinhard bäumte sich auf, als sei er von der ganzen Folge der Schüsse mitten ins Herz getroffen . . . irgendein unkontrollierbarer Drang verband ihn mit diesen armen Grauen da draußen, und er hatte das Gefühl, als müsse er schnell und unauslöschlich sich abreißen davon wie von einer geheimnisvollen Nabelschnur . . . er straffte sich, legte den Lappen beiseite und sagte: »Ich glaube, es ist ratsam, wenn ich meine Uniform nun vernichte . . . ich muß Sie einen Augenblick allein lassen.« Sie blickte ihn erstaunt, etwas erschreckt an. »Und wenn die Deu--, Ihre Landsleute Sie ergreifen?« Reinhard wandte sich zur Tür. »Ich bin nicht vor den Amerikanern und nicht vor den Deutschen geflohen, Madame, sondern vor dem Kriege . . . im übrigen glaube ich, daß die Amerikaner heute abend die Herren der Stadt sind. . .«

Es war ein dunkles, schreckliches Geschäft, als er im Keller die armen Fetzen, an denen die Orden lose und halbgeborsten herabhingen, von ihrem Inhalt entblößte und zusammenband . . . es war ihm fast wie eine grausige Leichenfledderei, und er suchte es schnell und hastig abzutun wie eine Sache, die notwendig, aber nichtsdestoweniger schrecklich ist . . . fast wie das Verscharren eines Ermordeten . . . als er den Knäuel von Kleidern in einem Abfalleimer unter Unrat versenkt hatte und die Treppe schnell wieder erstieg, hatte er das Gefühl, als müsse er lange, lange seine Hände waschen und würde sie doch nie, nie mehr sauber haben . . . und der Krieg mit seinen grausamen Notwendigkeiten schien ihm schrecklicher als je. . .

Es durchfuhr ihn etwas wie Eifersucht, als er die Frau im Salon, neben dem Fremden sitzend, fand, vom Duft dieser süßlichen Zigaretten umspielt, aber er schämte sich im gleichen Augenblick seiner Torheit, als habe er sich aufs neue selbst befleckt. Sie hatte eine blaue Jacke über das zarte rosa Sommerkleid gezogen . . . und es war ihm, als müsse er seine Arme festbinden, um sie nicht an sich zu reißen. Er begrüßte gepreßt den erwachten jungen Fremdling, dessen seltsam kindliche und gleichzeitig verderbte Augen ihn höflich und doch mit jener siegerhaften Herablassung des Soldaten gegenüber dem in seinem Heime geborgenen Zivilisten begrüßten. »Merci«, sagte er ungeschickt und bot ihm lächelnd die Packung mit Cigaretten hin, dann kaute er, zu der Frau gewandt, einen unverständlichen Satz hin, aus dem man die Worte entnehmen konnte . . . verrückt . . . Deutsche . . . verflucht . . . Tiere, und dann wandte er sich ganz plötzlich gegen Reinhard und fragte in gebrochenem Französisch: »Wofür kämpfen sie noch, diese Deutschen. . .«, und er deutete nachlässig nach draußen, wo das Maschinengewehr wieder sein heiseres, drohendes Bellen anhob. Reinhard blickte zweifelnd von einem zum anderen, aber die Frau beruhigte ihn mit einem leichten Kopfschütteln . . . und dieses stille, sanfte Andeuten eines Bündnisses erregte ihn so tief, daß es wie ein Schauder durch seine Adern lief. Das ganze Haus erbebte plötzlich unter einer heftigen Detonation. Eine Reihe von Geschoßfolgen krachte nacheinander in das Viertel . . . die Frau war bleich aufgesprungen und lehnte sich zitternd an die Wand. Reinhard trat zu ihr, faßte ihren Arm und sagte ruhig: »Es kann Ihnen nichts passieren, Madame, das ist Artillerie . . . nein, nein, glauben Sie mir, Sie können ganz beruhigt sein. . .« Dann überblickte er prüfend das Gesicht des Fremden, aber dieser zeigte über dem ersten Schrecken ein triumphierendes Lächeln und rief: »Die Unsrigen . . . die Unsrigen. . .« Noch einmal schlugen mehrere Granaten mit gräßlichem Getöse zwischen die Häuser, dann hörte man das dunkle Murmeln anrollender Panzer und das abrupte Knallen ihrer Kanonen, das wie ein plötzliches Platzen klang, dem der splitternde Krach des Einschlags folgte . . . und es dauerte nur wenige Minuten, da konnten sie wieder sehen, hinter dem Vorhang verborgen, wie die grauen Gestalten der Deutschen die Straße hinabflohen . . . es war eine furchtbare Gleichgültigkeit in ihrem Laufen. . .

Und wieder rollten die Panzer an der Ecke vorbei die Straße hinauf, und der kleine Fremdling mit seinem bleichen Kindergesicht legte lächelnd eine Tafel Schokolade auf den Tisch, drückte ihnen beiden feste die Hand und verließ das Haus ... und wieder, wieder fiel die Stille des Hauses über die beiden, die nun allein waren...

Reinhard war zur Tür gegangen, die der Kleine offengelassen hatte, und bevor er sie schloß, steckte er nur einen Augenblick den Kopf hinaus, und er vernahm die sanfte, herbduftende Kühle des Abends mit seinen zärtlichen sommerlichen Gerüchen, der über die schöne, unvergleichliche Stadt sank. Und vielleicht war es die große, große Schuld seines Lebens, daß er nicht einfach das Haus verließ, sondern zurückging, langsam und schwer in den Dämmer des Flurs, der dichter und dunkler geworden war...

Die Frau stand mit verschränkten Armen am offenen Fenster und blickte in den Abend hinaus, in Richtung der Gärten ... es war wie ein lächerliches Theater, daß der Lärm von Stimmen kreischend und irgendwie freudig erregt nun wieder auf der Straße aufklang ... man hätte meinen können, daß sich dieses Wechselspiel bis in Ewigkeit fortsetzen würde...

Als wolle sie sich vor sich selbst verbergen, stand die Frau in einer Nische des Fensters und blickte, ohne sich umzublicken, als Reinhard wieder eintrat, in den Abendhimmel, dessen Blau nun mit leisen Tönen von Lila und rosigem Rot wie ein zärtliches Zelt über den herrlichen, zu Ende gehenden Sommertag gespannt schien, an dem so viele Menschen gestorben waren in der grausamen Umarmung des Krieges ... es schien fast, als fröstele sie, obwohl der Hauch der Luft immer noch mild und wohlig war; sie hatte die Schultern angezogen, den blauen Umhang aus zarter Wolle zugeknöpft, und ihr bleiches Gesicht mit der roten kleinen Frucht des Mundes schien fast gestorben ... das Zimmer war schon ganz in Dunkel gehüllt, obwohl der Tag draußen noch hell war ... hell und freundlich und schön wie Paris, die unvergleichliche Stadt, in der sich der brüllende Lärm des Krieges nun fortwühlte ... Reinhard betrachtete sie wie gebannt. Eine halbe Sekunde noch, dachte er, will ich sie sehen, nur sehen ... dann will ich mich fortschleichen still und schnell und will laufen, laufen, bis die Nähe meiner fernen Liebsten dieses zehrende schreckliche Feuer in mir löscht...

Aber die Frau wandte sich um, plötzlich und abrupt, als erwache sie, und sagte leise: »Sie müssen das Haus durch diese Gärten hier verlassen, wenn es ganz, ganz dunkel geworden ist ... glauben Sie mir, daß tausend Augen Sie gesehen haben, als Sie ins Haus traten, und jedes würde Sie wiedererkennen. So glaubt man schon, daß Sie nicht mehr hier sind, weil die Durchsuchung ja stattgefunden hat...« Er wandte erschreckt ein: »Dann müßte ich ja noch einige Stunden hier warten...« Er spürte, wie eine schreckliche Angst vor sich selbst gleichzeitig mit wilden Wünschen und abwehrenden Gedanken wach wurde; und er mußte ihr heiteres Lächeln bewundern, als sie sagte: »Dünkt es Ihnen so schrecklich, bis zum Beginn der Dunkelheit noch mein

Gefangener zu sein. . .«; schmerzlich lächelnd, sagte sie dann: »Aber warten Sie einmal. . .« Sie ging an ihm vorüber, und er hörte, wie sie das Haus verließ. . .

Er atmete auf. Ach, war er so schwach und töricht, daß er nicht zwei Stunden bei dieser schönen Frau sitzen konnte, ohne unerbittlich in die schreckliche Sünde der Treulosigkeit zu stürzen . . . ach, hatte er nicht das geliebte Gesicht durch alle Gefahren und Lockungen, alle unendlichen Schmerzen des Krieges unversehrt getragen und sollte es jetzt preisgeben . . . ohne seinen Willen . . . verführt von der dunklen, süßen Stimmung des Untergangs, die über dieser Stadt schwebte . . . und in dem Dämmer dieses Hauses gefangen war? Ach, es war wohl wirklich töricht, wenn er nun das ganze Glück seiner Flucht aufs Spiel setzte um einer törichten Schwäche willen . . . er zündete lächelnd eine von den Zigaretten des Amerikaners an und knipste Licht . . . aber es schien, als sei der Dämmer, diese süße Verlorenheit, auch nicht von der warmen, hellen, flutenden Fülle des Lichts zu verscheuchen . . . er hing zwischen den Möbeln, in den Lücken, und über dem rötlichen Schirm der Lampe selbst hing er . . . der süße Geruch der Verlorenheit, der ihn in seinen Bann zog. Schaurig und süß floß es herein, als löse sich das heitere Antlitz der schönen Stadt auf in fast irren Zärtlichkeiten . . . verschwommen und lockend, wie umspielt von den Nebeln des Unterganges. . .

In der Stadt pflanzte sich das Getöse des Kampfes nun stetig fort . . . manchmal schwieg es eine Weile, um dann ferner wieder aufzustoßen wie dumpfe Trompetenstöße ... deutlich und einfach war der Fortgang des Kampfes an den Geräuschen abzulesen; man spürte förmlich, wie die Stöße immer tiefer und ausgedehnter wurden ... wie der Widerstand der grauen Soldaten erlahmte ... und in den Straßen, über die der Vorhang hinweggeglitten war, schwoll der Lärm des Lebens auf...

Der Abend schüttete langsam, aber stetig die letzten hellen Lichter des Tages mit seinen blauen Schatten zu ... mild und sanft schien er, vertraut und freundlich nur wie eine dunklere Schwester des heiteren Tages, niederzusinken; er schien wirklich dieser großen schönen Stadt zuzulächeln und sich heiter mit seinem großen dunkelblauen Mantel auf sie niederzusenken, als sei unmöglich ihr zu zürnen ... es war wie eine stille, liebevolle und unsagbar zärtliche Umarmung ... ohne Heimlichkeit und ohne Rücksicht auf die armen Herzen derer, die im Elend beiseite stehen und in den Armen der Sehnsucht weinen, weinen...

Reinhard löschte das Licht wieder aus ... einen Augenblick lang schien es, als sei es ganz dunkel, aber dann tauchten letzte helle Lichter aus dem offenen Fenster in die dichte Dämmerung des Raumes ... das Fenster war wie ein wohltätiger Schacht in einem Kerker ... zärtliche rötliche Lichter flossen herein, sie schienen eins zu sein mit jenen verwirrenden, zugleich herben und süßen Gerüchen des Abends, Atem und Licht zugleich, die unter den sanften Bäumen der Boulevards spielten ... sie stießen auf den jungen Mann zu, der schwer atmend hinter der Gardine verborgen stand, und trafen ihn wie die schrecklichen Zärtlichkeiten einer schönen Frau, die spielt, ohne sich hinzugeben ... er stöhnte, als ströme das Blut seines Lebens aus ihm heraus, und fühlte sein Elend, seine völlige Verlassenheit in dieser fremden, feindseligen Stadt wie eine einzige große Wunde, die von diesen unabwendbaren Schmeicheleien der Sinne wie gepeitscht wurde ... er riß sich los, als sei er angekettet an dieses wesenlose Spiel, strauchelte durch den Dämmer zur Tür, riß sie auf und lief zur Tür, den Flur hinab ... aber dann blieb er stehen, als sei er festgenagelt, denn er hörte, wie das Schicksal selbst auf ihn zukam ... die Haustür wurde geöffnet, und die sanften Schritte der Frau kamen auf ihn zu. Er konnte nichts, nichts sehen in der wie zugewebten Dunkelheit des Flures ... aber nie, nie in diesen vielen tausend Sekunden des langen Nachmittages hatte er sie so deutlich gesehen wie jetzt ... er sah sie ganz ... das Herz wurde ihm ausgerissen ... und während die kleinen Schritte auf ihn zukamen, lag er gegen die Wand gestützt, als sei er von einer unsichtbaren Macht zurückgedrängt ... mit geschlossenen Augen, während sein ganzes Wesen sich vor Schmerz aufbäumte ... und er griff einfach zu, mit vagen Händen, als versuche er, einen umherfliegenden Vogel zu fangen, und er spürte bei der ersten zarten Berührung, daß auch sie nicht mehr zu fliehen vermochte ... und als ihre Tränen auf seinen Wangen brannten, da wünschte er, daß die ganze, ganze Dunkelheit der Nacht über sie stürzen und sie unter ihren Trümmern begraben möchte...

Als sie erwachten, waren sie einander so fremd, als flösse ein eiskaltes Wasser mitten zwischen ihnen hindurch ... fremd und kalt waren sie einander, und es war wie ein böser Traum, daß sie beieinanderlagen -- während das milchige Licht des Mondes höhnisch durchs offene Fenster ins Zimmer floß ... sie wandte erschaudernd ihr Gesicht ab ... und mit ihrem Gesicht schien ihr ganzes Wesen, rätselhaft und nie zu ergründen, hinter dem dunklen Vorhang des Haares verborgen ... Reinhard erhob sich ... strich sich müde durch die Haare ... ihn fröstelte ... aufreizend und bedrohlich brach die unheimliche Stille hin in den von ihrer Verwirrung wie versponnenen dunstigen Raum, in dem die verzweifelten Zärtlichkeiten wie Gifte festgewachsen schienen...

Er zog langsam die Schuhe an, die unter dem Schrank gestanden hatten, als hätten sie auf ihn gewartet ... er schauderte, schauderte ... und ein wilder, wilder Schrecken hinderte ihn, sich umzuwenden; niemals, niemals war er so im Elend gewesen wie in dieser kalten Nachtstunde, die aller Zärtlichkeit des Tages und des Abends zu spotten schien ... in dieser Stunde, wo er in der fremden, fremden Stadt ... vor sich tausend Gefahren einer abenteuerlichen Flucht ... aus dem Schlafzimmer einer schönen Frau schlich, deren Schluchzen die gleiche Verlassenheit ausdrückte, die in seinem armen Herzen trocken und unlösbar festsaß... Nein, nein, nie mehr im Leben durfte er sich umwenden ... er ging langsam ... behutsam, als fürchte er sich, die Stille zu wecken, zum Fenster; aber als er sich eben über die niedrige Bank schwingen wollte, ließ ihn das leise, leise Geräusch ihrer nackten Füße erstarren ... er fühlte sein Blut wie Eis in den Adern, und zitternd, zitternd, als müßte er mitten hineinblicken in das wirkliche, nackte Gesicht des Todes, drehte er schnell den Kopf ... und es war merkwürdig, daß dieses holde Gesicht, das süßer und schöner war als je mit der lächelnden kleinen Knospe des Mundes; daß dieses Gesicht ihn zu einem heiteren, freien und unschuldigen Lächeln fast zwang, als sei es sanft und zwingend wie ein Spiegel ... und es war nicht die winzigste Faser mehr in seinem Wesen, die diese Frau hätte begehren können ... ihre Augen zwangen ihn einfach, die ganze Last abzuwerfen, und sie reichte ihm mit ihrer kleinen schmalen Hand ein kleines Paket Papiere, das er, ohne es zu betrachten, in die Tasche steckte ... und ohne Zögern ergriff er diese Hand und drückte sie. »Das wird dir vielleicht helfen«, sagte ihre kleine Stimme, »und sei nicht traurig. Die drei, die uns lieben: Gott, deine Frau und mein Mann, werden uns vielleicht verzeihen...«, und sie küßte ihn flink und leicht auf die Stirn ... dann schwang er sich hinaus und ging dem kalten Gesicht des Mondes entgegen...

Der blasse Hund

Der Wachtmeister stieß die Tür auf und sagte: »Sehen Sie sich ihn mal an ... vielleicht? ...« Er ließ die Zigarette im Mund. Ich ging auf die regungslose Gestalt zu, die auf einer Pritsche lag. Jemand, der hinter der Pritsche auf einem Schemel hockte, stand schnell auf und sagte: »Guten Abend.« Ich erkannte den Kaplan und nickte ihm zu.

Er stellte sich am Kopf des Liegenden auf. Ich wandte mich gereizt zu dem Polizisten und sagte mit einem Blick auf die brennende Zigarette: »Würden Sie wohl etwas besseres Licht machen ... ich kann nichts sehen.« Er sprang auf einen Stuhl und befestigte die Hängelampe mit einer Schnur so, daß das Licht gerade auf die erstarrte Gestalt fiel ... ich schrak unwillkürlich zurück, nun, da ich die Leiche im vollen Licht sah. Viele, viele Tote habe ich gesehen, aber beim Anblick jeden Leichnams ergreift mich immer wieder das erregende Bewußtsein, einen Menschen, einen Menschen zu sehen ... einen Menschen, der gelebt, gelitten und geliebt hat...

Denn ich sah gleich, daß er tot war ... ach, es war kein medizinisches Merkmal ... ich spürte es und wußte es; aber ich war hergerufen, amtlich festzustellen, daß er tot war ... und so machte ich mich erregt ans Werk. Ich war ja gewissermaßen gesetzlich verpflichtet, jene gut einstudierten Manipulationen vorzunehmen, mit denen die menschliche Wissenschaft an Geheimnissen herumtastet. Der Liegende sah grauenhaft aus...

Sein rötliches Haar war mit Blut und Schmutz durchtränkt, regelrecht zusammengekleistert. Ich erkannte einige Hieb- und Stichwunden . . . quer übers Gesicht verlief ein gräßliches Mal wie von einem Reibeisen . . . der Mund war entstellt . . . und die schmale bleiche Nase eingedrückt; die Hände lagen verkrampft seitwärts vom Körper . . . noch im Tode geballt . . . auch die Kleidung war dreckig und blutverschmiert. Man glaubte, die infernalische Wut zu erkennen, mit der er geschlagen, getreten, gestochen worden war; mit einer tierischen Lust war er ermordet worden. Ich packte mutig den Rock und öffnete die Knöpfe, die nicht abgerissen waren, und seltsam: Seine Haut war weiß und zart wie die eines Kindes . . . kein Blut und kein Schmutz war durchgedrungen. . .

Der Polizist beugte sich plötzlich zu mir herüber, so nahe, daß ich seinen satten Atem spüren konnte, und mit einem Blick auf den Toten sagte er gleichmütig: »Feierabend, was?« Ich starrte ihn nur wenige Sekunden an, und ich spürte, wie mein Gesicht vor Wut, fast vor Haß zitterte.

Meine Augen mußten ihm wohl genug gesagt haben . . . er nahm mit einer plötzlich betretenen Miene seine süßlich stinkende Zigarette aus dem Mund . . . dann schlich er sich hinaus; und in der Tür sagte er noch: »Sagen Sie mir bitte dann Bescheid, Herr Doktor. . .« Es war mir, als sei ich irgendwie befreit . . . nun erst begann ich meine Untersuchung . . . welch ein Irrsinn, daß ich mein Hörrohr auf diese Brust setzte! Daß ich den Puls fühlte! . . . daß ich den ganzen hilflosen Schwindel an diesem armseligen, zerschundenen Körper vollführte; aber von den Wunden am Kopf konnte er nicht gestorben sein; sollte ich auf den Schein das schreiben, was heute die ärztliche Wissenschaft so leicht macht: Zirkulationsstörungen ... Erschöpfung ... Unterernährung? ... ich weiß nicht, ob ich lachte. Ich konnte nichts entdecken als diese Wunden am Kopf, die wohl äußerst schmerzhaft, aber nicht tödlich gewesen sein konnten, sie waren kaum durch die Kopfschwarte gedrungen ... mit einer blinden Wut mußten sie vollzogen worden sein...

Noch in diesem verwüsteten Zustand sah sein unheimlich schmales und weißes Gesicht aus wie ein Messer. Ein frecher, kalter Bursche muß es gewesen sein, dachte ich. Ich knöpfte langsam den Rock wieder zu, und unwillkürlich strich ich ihm das strähnige, schmutzige und blutige Haar aus der Stirn; es war, als lächle er ... höhnisch und spöttisch, dann blickte ich den Kaplan an, der bleich und schweigend neben mir gestanden hatte, ein ruhiger Mann, den ich gut kannte: »Mord?« fragte ich leise. Er nickte nur, und dann sagte er noch leiser als ich: »Mord an einem Mörder.« Ich zuckte zusammen ... dann starrte ich noch einmal auf dieses messerscharfe, blasse Gesicht, das selbst unter den martervollen Wunden und Mißhandlungen noch zu lachen schien ... kalt und hochmütig... Grauen drückte mir die Kehle zu; es war schrecklich, diese Leiche in dem düsteren Raum, vom grellen Strahl der brutalen Lampe angespien, während alles übrige im Dunklen lag ... diese nackte Pritsche ... ein paar alte Schemel ... die

Wände, an denen der Putz heruntergebröckelt war ... und dieser Leichnam in der halbzerfetzten grauen Uniform...

Ich blickte den Kaplan fast hilfeflehend an ... mir war schwindlig vor Erschöpfung, Angst und Ekel ... die Zigarette des Polizisten hatte mir den Rest gegeben. Den ganzen Nachmittag war ich mit leerem Magen unterwegs gewesen, in den elenden Höhlen, machtlos, hilflos, lächerlich preisgegeben den »Umständen« ... und obwohl ich viel sah an jedem Tag, ein ermordeter Mörder war doch sogar in dieser Stadt eine Seltenheit...

»Ein Mörder?« fragte ich abwesend. Der Kaplan schob mir seinen Schemel hin: »Setzen Sie sich ... bitte!« und nachdem ich ihm willenlos gehorcht hatte, fuhr er fort, auf die Pritsche gestützt: »Kennen Sie ihn denn nicht ... wirklich nicht?« Er blickte mich an, als zweifle er fast an meinem Verstand. »Nein«, sagte ich müde, »ich kenne ihn nicht.« Der Kaplan schüttelte den Kopf: »Wo Sie so viel herumkommen, dachte ich, Sie hätten schon vom blassen Hund gehört.« Ich fuhr entsetzt hoch ... mein Gott! »Der blasse Hund ... dieser hier ... oh, dieses Gesicht!« Ich stand nun neben dem Kaplan, und wir blickten beide diese entstellte, bleiche Leiche an...

»Hat er«, fragte ich ganz leise, »hat er die Sakramente noch empfangen können?« Ich wartete lange auf Antwort; der Kaplan schien nicht gehört zu haben, und ich mochte meine Frage nicht wiederholen ... die Stille erdrückte uns fast, dann antwortete der Kaplan, es schienen fast Minuten vergangen zu sein: »Nein ... aber er hätte noch gekonnt ... fast eine Stunde war ich bei ihm ... er war ungeheuer erregt und wach, bevor er«, er blickte mich an, »erlosch...«

Der Kaplan streckte hilflos die Hände aus zu dem Leichnam hin, fast als wolle er ihn liebkosen ... sein schmales, armes Kindergesicht war -- ich kann es nicht anders sagen - von Ergriffenheit wie starr ... wie verzweifelt strich er seine blonden Haare zurück, und dann stieß er erregt hervor: »Sie ... Sie mögen mich für verrückt halten ... ja, aber ich möchte noch etwas bei ihm bleiben, bis sie ihn holen ... ja ... ich möchte ihn noch nicht allein lassen, nur ein Mensch hat ihn in seinem Leben wirklich geliebt, und der hat ihn verraten; lachen Sie mich meinetwegen aus, aber ich ... sind wir nicht alle schuldig? Und wenn ich noch etwas bei ihm wache ... vielleicht...« Er sah mir mit einem fast verstörten Trotz in die Augen ... es waren blaue Augen, unter denen die schwarzen Hungerränder fast wie Wundmale klebten ... ach, ich dachte nicht daran, ihn für verrückt zu halten ... und gar zu lachen, mein Gott! »Ich bleibe bei Ihnen«, sagte ich.

Wir schwiegen eine Weile, solange wie man braucht, um ein Vaterunser und ein Ave-Maria zu beten; in unser Schweigen hinein gellte lautes Lachen aus der Wachstube ... Weiberstimmen ... Kreischen. Ich ging langsam zurück und ließ die Lampe wieder in ihre alte Lage baumeln; der ganze Raum war nun gleichmäßig in dumpfes, trübes Licht gehüllt; milder sah der gräßliche Leichnam aus, weniger starr, fast lebendiger. Es gibt ja nichts Unbarmherzigeres als dieses Licht, dieses nackte elektrische Licht, das zu ihren Zigaretten paßt ... zu ihren Leichengesichtern und zu ihrer müden Geilheit ... oh, ich hasse dieses elektrische Licht...

Auf und ab schwoll das Lachen aus der Wachstube...

Der Kaplan zuckte plötzlich zusammen, als habe ihn ein geheimer Schrecken berührt ... als dränge eine schreckliche Erinnerung wie mit tastenden Fingern sich an ihn... »Setzen Sie sich, Doktor...«, sagte er still, »ich will Ihnen was von ihm erzählen.«

Ich setzte mich gehorsam hin, während der Kaplan sich halb auf die Pritsche kauerte ... wir wandten dem Toten den Rücken zu...

»Es ist ein merkwürdiges Zusammentreffen«, begann der Kaplan, »daß er im gleichen Jahr geboren ist wie ich ... 1918 ... er hat mir ja alles erzählt ... wissen Sie, ich wußte nicht recht, ob er mir erzählte oder sich selbst oder irgend jemand, der nicht zugegen war. Er hatte die Augen zur Decke gerichtet und sprach, sprach wie im Fieber, wahrscheinlich hatte er wohl auch Fieber... Wissen Sie, er hatte keine Eltern gekannt ... keine Schule ... irgendwo ist er mit herumgeschleppt worden. Seine ersten Erinnerungen waren die, daß die Polizei den holte, den er bis dahin für seinen Vater gehalten hatte; einen groben, feigen Burschen, der halb Landstreicher, halb Dieb und Arbeiter war ... aus irgendeiner Mietskaserne hier in der Vorstadt, damals zwischen Krieg und Inflation.

Stellen Sie sich ein schmutziges Zimmer vor, in dem ein armes, stets mißhandeltes Weib mit einem ewig betrunkenen, faulen und feigen Grobian zusammenlebt ... das ist alles. Sie kennen diese Situationen, Doktor. Nachdem sein angeblicher Vater für viele Jahre ins Zuchthaus gewandert war, wurde sein Leben etwas ruhiger; seine Tante -- das erfuhr er später, daß dieses ewig gereizte, gehässige Weib seine Tante war -- ging zur Fabrik. Die Polizei bekümmerte sich darum, daß er zur Schule kam. Und nun ... hier fiel er durch eine ungewöhnliche Intelligenz auf. Können Sie sich das vorstellen, Doktor«, der Kaplan blickte mich an, »wie dieses messerscharfe Gesicht in der dumpfen Schulklasse gleichsam alles entzweischnitt? Oh ... er wurde der Beste ... aber was heißt der Beste, wenn man einfach alle um ein weites überragt. Und er hatte Ehrgeiz. Die Lehrer setzten sich dafür ein, daß er aufs Gymnasium sollte ... der Pfarrer interessierte sich dafür ... aber diese Frau, seine Tante, sträubte sich mit einer wilden, wilden Wut; es war, als solle er ermordet werden; sie tat alles, um ihn in der gräßlichen, groben Atmosphäre zurückzuhalten, in der sie selbst lebte. Sehen Sie, sie machte alle möglichen Schwierigkeiten, pochte auf ihre Rechte als Erzieherin ... sie quälte ihn, sooft er zu Hause war ... er sollte, sollte nicht ›höher‹ kommen. Aber sie war doch wohl nicht imstande, sich durchzusetzen gegen die vereinten Kräfte der Lehrerschaft und des Pfarrers. Er bekam eine Freistelle in einem Internat, wurde dort als ständiger Zögling aufgenommen und überstieg bald alle Hoffnungen, die man auf ihn gesetzt hatte. Es gab keine Schwierigkeit für ihn ... er lernte Latein, Griechisch ebensogut wie Mathematik und Deutsch ... und er war fromm; dabei war er nie von jener demütigen Art, die alles hinnimmt und still büffelt ... er war originell ... geistreich ... seine Kenntnisse im Religionsunterricht grenzten fast an Theologie. Kurzum, er war wirklich eine Leuchte. Und nie, nie dachte er anders als mit Schrecken und Abscheu an das Milieu, das er verlassen hatte; nicht etwa mit Mitleid ... es schauderte ihn, wenn er daran dachte. Er verbrachte sogar die Ferien im Internat, er machte sich nützlich in der Bibliothek, in der Verwaltung ... es war kein Zweifel, daß er in den Orden seiner Förderer eintreten würde. Aber herrisch und hochmütig war er, von einem unbeugsamen Selbstbewußtsein. ›Ich glaube, im Grunde verachtete ich sie immer alle, ohne es zu wissen‹, sagte er mir; zähneknirschend vor Zorn nahm er die Strafen hin, die sein Hochmut ihm einbrachte, aber man bestrafte ihn selten; er war eine Leuchte ... er beschämte alle, man sah ihm manches nach; nur wenn er es gar zu toll trieb mit irgend jemand oder gar zu häufig die üblichen Untertänigkeiten unterließ, wurde er bestraft...

Doch je älter er wurde, um so mehr lockte ihn die Welt ... Reichtum, Ruhm ... Macht, er dachte mit bebendem Herzen daran; und innerlich warf er den Plan, im Orden zu bleiben, schon mit sechzehn Jahren ab ... äußerte aber nichts davon, weil er die Abschlußprüfung noch im Internat machen wollte. In diesem stetigen Krampf, der sich aus dieser neuen Haltung ergab, zerfloß alles, was an seiner Frömmigkeit echt gewesen war ... die Welt lockte so sehr, wissen Sie, die ganze damalige politische Scheinblüte ... diese gewissermaßen öffentliche Brunst des Nichts ... dieses schauderhafte Leben der unbegrabenen Leichen; es lockte ihn; einerseits wollte er die Möglichkeit, seine Schulbildung abzuschließen, nicht von sich weisen; und das Elend, das alte, schreckliche, häusliche Elend saß unvergessen in seiner Erinnerung. Er heuchelte nicht direkt, aber er war berechnend geworden ... fast unversehens im Laufe von Monaten und Jahren vergiftete ihn die Berechnung ... er wurde fast schlecht; jedenfalls verlor er den Glauben, soviel davon in ihm gewesen war...

Als er dann Abitur machte und den Patres kalt seinen Entschluß bekanntgab, ergab sich natürlich eine peinliche Situation, über die er aber frech hinwegschritt ... er ›brach einfach die Brücken ab‹. Er hatte sein Zeugnis, seine kostenlose Ausbildung war nicht durch ein einziges Wort zur Bedingung für seinen Eintritt in den Orden gemacht worden. Er löste alle Verbindung mit dem Hause und ging, nur ausgerüstet mit einem ausgezeichneten Zeugnis und einem wahnsinnigen Ehrgeiz, in die Welt ... keinen ›anständigen‹ Anzug besaß er, keinen Pfennig Geld, nichts...

Aber da erwies sich einer seiner Schulkameraden, ein gewisser Becker, als Freund. Becker, Sohn reicher Eltern, studierte Theologie ... er unterstützte ihn mit Geldern, die er zum Teil seinen Eltern abschmeichelte, zum Teil sich selber absparte. Nun aber ging Herold ... wissen Sie übrigens, daß er Theodor Herold hieß...?« Der Kaplan sah mich fragend an ... woher sollte ich den Namen wissen; ich schüttelte stumm den Kopf.

Immer noch drohte der Lärm aus der Wachstube uns zu überschwemmen ... Lärm ... Geschrei ... jenes geistlose Grölen, dessen Leute fähig sein können, die sich freiwillig in das Gefängnis einer Uniform einsperren lassen. Der Kaplan schwieg, er schien fast an seinen Worten zu würgen, als er nun sagte: »Was nützt es schließlich, wenn ich Ihnen das alles erzähle ... wollen wir nicht lieber beten ... beten; es ist ja fast das einzige, was man tun kann ... nicht wahr...« Er blickte gequält zu mir hin, als drohe er unter einer unsichtbaren Last zusammenzuknicken ... dann faltete er die Hände, aber ich griff ihn sanft am Arm ... und ich weiß nicht, ob es Neugierde war, die mich bewegte zu sagen: »Erzählen Sie mir weiter ... bitte ... ich möchte alles wissen...«

Der Kaplan sah mich unruhig an ... fast hatte ich nun wirklich den Eindruck, als sei er geistesgestört ... er blickte mich an, als kenne er mich gar nicht und müsse tief, tief in seiner Erinnerung suchen, wer ich sei ... dann packte er sich schließlich an den Kopf. »Ach so«, sagte er mit verzweifelter Stimme, »verzeihen Sie ... ich ... ich«, er machte eine hilflose Handbewegung ... und dann fuhr er fort:

»Becker scheint den ernsthaften Wunsch gehabt zu haben, Herold, wie man so sagt, ›bei der Stange zu halten‹. Sie studierten an einer Universität, und obwohl Becker durch sein Konvikt in seiner Bewegungsfreiheit behindert war, besuchte er ihn oft ... sprach mit ihm und versuchte wohl, die verschüttete Frömmigkeit wieder aufzuwecken; aber er machte nicht etwa seine Unterstützung davon abhängig . . . sie stritten sich manchmal, das ist ganz klar, sie diskutierten das, was damals zwischen allen jungen Menschen, die noch nicht abgestorben waren, diskutiert wurde: Religion und Volk und so weiter; aber es blieb alles in Freundschaft bei ihnen. Und Herold, obwohl er es nie äußerte, verehrte in Becker den einzigen Menschen, den er nicht verachtete . . . er liebte Becker; und auch wiederum nicht nur wegen der Unterstützung, sondern wegen der Bedingungslosigkeit, mit der er ihm Geld gab. Nun, Sie können sich das Verhältnis wohl ungefähr vorstellen. Becker muß ein glühender junger Bursche gewesen sein, der noch an die Gnade glaubte . . . in den ersten Semestern glauben alle Theologen noch an die Gnade, später tritt an deren Stelle unbewußt oft das Generalvikariat.

Herold war an der Universität natürlich ebensolch ein Phänomen an Intelligenz und Geist wie auf der Schule . . . aber er verachtete nicht nur die leichtfertigeren und unfähigeren Mitstudenten, sondern auch die Professoren, von denen er, wie er sagte, ›keinen für einen wirklichen geistigen Führer‹ hielt. Nebenbei bahnte er Möglichkeiten an, eine Karriere in der Politik zu machen. . . Sie können sich denken, wie diese Partei einen solch intelligenten Burschen gleichsam aufsog. . .

Aber dann kam etwas Schreckliches: Er wurde Soldat, und dagegen gab es kein Mittel. Nichts, nichts hat er so gehaßt wie dieses Militär, denn da er versucht hatte, auch hier Karriere zu machen, Offizier zu werden, geschah etwas Seltsames: Diese Offizierskaste, die sich den geistlosesten Verbrecher aus den dunkelsten gesellschaftlichen und menschlichen Sümpfen gefallen ließ, machte bei ihrem Nachwuchs gesellschaftliche Forderungen geltend: Er fiel natürlich in dieser Hierarchie der Geistlosigkeit durch. Und nun setzte sich sein Haß fest, diese erste Kriegserklärung der menschlichen Gesellschaft ... und er durchschaute die absolute politische Feigheit dieser Gehorcher. Er glühte in Weißglut vor Wut und Zorn ... aber er kam natürlich gegen diese festgefahrene Clique nicht an ... und den finsteren Stumpfsinn des Kasernenlebens empfand er noch schrecklicher als das Elend seiner Kinderjahre. Der Krieg war für ihn wie eine Erlösung, und nun meldete er sich freiwillig in einen jener Verbände, die, erzogen im Geiste der Verneinung aller wirklichen Werte, das Morden an der Front, das sie Krieg nannten, ohne weiteres gleichsetzten mit dem Morden hinter der Front, das die Vernichtung minderwertigen Menschentums geheißen wurde.« Der Kaplan hielt erschreckt inne und legte die Hände vors Gesicht ... er atmete schwer. »Stellen Sie sich dieses messerscharfe Gesicht in diesen Kolonnen vor ... geladen mit Haß; in dieser Gesellschaft, die kaltschnäuziger und verblendeter wurde, je mehr Jahre unter dem grauenhaften Druck des Krieges dahingingen ... vorgespannt vor den Triumphwagen eines verbrecherischen Verleugners aller Werte, jenen düsteren Triumphwagen, dessen morsche Räder bald zerbrachen und der schließlich in einem Schwall von Benzingestank von der Erde versackte...

Es ist gewiß merkwürdig, daß Herold, selbst in dieser Umgebung, die ihn, obwohl er sie freiwillig gewählt, erst abstieß, in die er aber immer mehr und mehr verstrickt wurde, mit jenem düsteren Gefühl der Anhänglichkeit, das mordlüsternes Gesindel aneinanderkettet; daß er selbst dort die Verbindung mit Becker aufrechterhielt, der ihm schrieb, ihn warnte, ihn mahnte ... den er sogar im Urlaub besuchte ... dem er zur Priesterweihe gratulierte. Selbst dort blieb er in Berührung mit Bekker, den er -- dieses Wort hat er in seiner seltsamen Scheu nie gebraucht -- wirklich liebte. Ja, er schickte Becker Pakete mit solchen Dingen, die in der Heimat knapp waren, Zigarren, Seife, Fett, was weiß ich ... er schrieb Briefe, sandte Päckchen ... aber er verriet nie etwas über seine geistige Situation ... es gab keine Diskussion über Religion und Weltanschauung mehr ... er fühlte sich unwiderruflich verhaftet jener Bande, in die er hineingeraten war; oft von bitterster Reue erfüllt, von Grauen über die Ströme von Blut, vermengt mit Dreck, entsetzt über viehische Grausamkeiten ... alles durcheinandergemengt mit jenen unrevidierbaren Begriffen von Rasse, Ehre und unbedingtem Gehorsam ... Vaterland ... Herrentum. Er war bei diesen Verbänden Offizier geworden ... wurde mehrfach verwundet ... zeichnete sich aus, wurde dekoriert ... aber alles das konnte das unheimliche Gefühl einer Schuld nicht austilgen ... er war wie verstört. Und in all dem Wirrwarr von Angst, Haß und Reue war es das Schlimmste für ihn, daß Becker seine Korrespondenz einstellte ... über ein Jahr lang hörte er nichts von ihm; und obwohl er es jenen völlig verwirrten Verkehrsverhältnissen zuschrieb, dem absoluten Durcheinander einer ›unübertrefflichen Organisation‹; obwohl er es diesen äußren Dingen zur Last legte ... immer, immer drohte im Hintergrund die dunkle, für ihn dunkelste Angst, daß Becker nichts mehr von ihm wissen wollte ... und je mehr das Ende, das unaufhaltsam verhängnisvolle Ende kam, um so mehr fühlte er sich schrecklich befleckt, behangen mit unbeschreiblichen Greueltaten, und nur der Gedanke an Becker, der ihm vielleicht würde helfen können, hielt ihn aufrecht. Durch raffinierteste Machenschaften entging er der russischen Gefangenschaft, schmuggelte sich mit falschen Papieren als russischer Soldat durch die ganze russische Vormarschlinie bis in das von den Westmächten eroberte Gebiet ... und verschwand, wohlausgerüstet mit Geld und Vorräten, hier in seiner zerstörten Heimatstadt ... irgendwo in diesen tausend Schlupfwinkeln, die nie jemand entdecken wird; und auch hier entging er der Gefangenschaft. Und dann begann er vorsichtig, Becker zu suchen. Becker war für ihn der Begriff der Rettung. Er hatte keine bestimmten Vorstellungen, welche Art Hilfe er von Becker wollte ... er war vollkommen zusammengebrochen. Das schwarze Wasser der Angst, des Überdrusses und der Schuld stand ihm bis zum Halse, und er wollte vielleicht nur einmal einen Menschen sprechen, der ihm nicht drohen und ihn nicht verwerfen würde, denn Becker war für ihn der Repräsentant einer Religion, die entgegen allen weltlichen Gewohnheiten nicht verurteilte, nicht verdammte ... jener Religion, die er selbst als Kind und Knabe aufrichtig geliebt und deren Abglanz wohl noch über ihm lag, ohne daß er sich dessen bewußt sein konnte...

Als Kriegsbeschädigter verkleidet, verließ er hinkend seinen Schlupfwinkel und versuchte, in diesem heillosen Wirrwarr Becker ausfindig zu machen, von dem er wußte, daß er Kaplan in einem kleinen Städtchen gewesen war. Es gelang ihm schließlich, dieses Städtchen mit einem Wagen der amerikanischen Besatzungstruppen zu erreichen ... er fand es unzerstört, die Bevölkerung noch verwirrt und erschreckt ... und er fand Becker ... mit klopfendem, glücklich klopfendem Herzen betrat er das Pfarrhaus...

Aber Becker war kalt und gleichgültig. Er hatte die Korrespondenz bewußt eingestellt gehabt ... alles, was Freundschaft gewesen war, war einfach gestorben ... und so merkwürdig fremd tat Becker; er begrüßte ihn wie einen Menschen, den man vor Jahren einmal gekannt hat und nun wiedersieht, irgendeinen Menschen... Herold erschrak vor dieser kühlen Objektivität, mit der ihn sein einziger Freund begrüßte, aber das, was sich in ihm angesammelt hatte, dieses dunkle Gewühl von Qual und Blut und Schuld, war zu groß, als daß er es noch hätte zurückhalten können ... er schüttete Becker sein Herz aus ... alles, alles erzählte er ihm, was er nie hatte schreiben können ... und als er zu Ende war, sagte und fragte er nichts mehr, sondern blickte Becker nur hilflos an, und er sagte mir, daß er zum ersten Male in seinem Leben in diesem Augenblick völlig hilflos gewesen wäre. Und Becker sagte ihm nichts. Becker schien wohl amtlich, in seiner Eigenschaft als Seelsorger, als vom Staate bezahlter Beamter, berührt, aber menschlich war Becker vollkommen abgestumpft von dem, was er alles gesehen, gehört und erlebt hatte; von den Greueln des Rückzuges ... von Hunger, Verwirrung, Angst und Bomben. Becker hatte nur einige Phrasen für ihn, Phrasen von jener Art ... wissen Sie, solche fertigen Sentenzen aus einer geistigen Fünfgroschenbude, wie sie in manchen Beichtstühlen nach der Absolution verteilt werden ... jedem eins ... weg ... der nächste. Er riet ihm natürlich zu beichten, zu beten, ein besserer Mensch zu werden ... sehen Sie!« Der Kaplan packte mich hart an der Schulter und drehte mein müdes Gesicht gewaltsam sich zu ... seine Augen flammten vor Erregung wie sprühende blaue Lichter ... sein armes, blasses Gesicht war gerötet ... und sein Mund zuckte. Wir standen uns fast gegenüber wie Streitende ... hier an der Pritsche mit dem Leichnam des blassen Hundes wie Streitende! Aber ich war so müde, so müde ... und doch tief, tief in mir war ein wildes, brennendes Interesse an diesem menschlichen Schicksal, dessen Ende ich hören mußte. »Sehen Sie«, stöhnte der Kaplan, »ich kann mir das genau vorstellen, weil ich selbst unzählige Male so getan habe ... ich kann es mir leibhaftig ausmalen, wie es gewesen ist. Becker hatte eben keine persönliche Bindung mehr an ihn ... angesichts dieser erschreckenden Qual brachte er nichts auf als eine berufliche, amtliche Kühle ... er war vielleicht abgestumpft; so wie man eben als Beichtvater abstumpfen kann ... mein Gott, Ehebruch und Gemeinheit, nichts als das, Jahre und Jahre! Sie werden das vielleicht als Arzt verstehen . . . für Sie ist eine Leiche auch nichts so Grausiges mehr wie für die vielen tausend anderen, die nicht so viele Leichen und Blut gesehen haben, trotz des Krieges. Und für uns Priester sind die unbegrabenen Leichen eben oft auch weniger erregend und menschlich ergreifend, wie sie es für jeden anderen wären, der noch nie in das Innere der sogenannten anständigen Leute gesehen hat. Mein Gott . . . sehen Sie, so wird es Becker gewesen sein, und rechnen Sie hinzu, daß der dämonische Wahnsinn der letzten Kriegsmonate gerade weggestoben war, und es herrschte eine gewisse Flaute, eine Windstille des Nichts . . . Becker war kühl zu ihm. Vielleicht gleichgültig, vielleicht sogar abweisend. . . Herold sagte: ›Er stieß mich förmlich in mein Nichts zurück. . .‹ Und nun stürzte er sich in die völlige Vernichtungswut. . .

Hinzu kam, daß er wahrscheinlich denunziert war von Leuten, die ihn beobachtet und verdächtigt hatten . . . er wurde von der Polizei gesucht . . . mußte seine Schlupfwinkel häufig wechseln . . . wurde regelrecht durch die Trümmerhaufen gehetzt. Und fand dann schließlich unter einem vollkommen zerstörten Haus mitten in einem weiten Trümmerfeld des Stadtinneren einen unversehrten Keller, der leicht zugänglich und schwer zu entdecken war, und hier brütete er in wilder Wut und glühendem Haß einige Tage, bevor er der ›blasse Hund‹ wurde. Er fand dann leicht ein paar Komplizen -- denn das Allerallerschrecklichste war für ihn das Alleinsein, obwohl er immer herrisch und hochmütig zu seinen Gehilfen war. Sie plünderten sich zunächst eine gemütliche Einrichtung zusammen. Dann – er hatte einen ganz kalten Plan – bildeten sie sich durch raffinierten Schwarzhandel mit gestohlenen Waren ein großes Grundkapital, stapelten ihre Bude mit Vorräten voll und begannen dann ein schreckliches Spiel. Die Pläne stammten alle von ihm, und er war das anerkannte Haupt ... und er war der ›Richter‹ ... er tauchte auf, mit einer gewissen Glorie des Geheimnisses, wenn seine Gehilfen den Einbruch verübt und das Opfer oder die Opfer ›gestellt‹ hatten. Er verkündete ›je nach Laune‹ die Todesart ... erschießen ... erstechen oder aufknüpfen ... oft auch machten sie reine Schrecküberfälle, um die Zitternden nachher der blanken Angst einer ständigen Drohung zu überlassen ... auf diese Weise brachten sie«, der Kaplan stockte einen Augenblick, »dreiundzwanzig Menschen um ... dreiundzwanzig...«

Wir blickten beide, von tiefem Grauen geschüttelt -- kalten Schrecken in den Adern -- auf die regungslose Leiche, deren blaßrotes Haar zwischen dunklen Flecken von Blut und Schmutz sanft in der Düsternis des Raumes schimmerte ... und dieser kalte, schmallippige Mund schien immer noch zu lächeln, höhnisch und grausam, und schien unserer Worte, des ganzen Gesprächs zu spotten. Zitternd wandte ich mich um und wartete mit Schrecken darauf, daß der Kaplan sich zu mir wenden würde; ich fühlte mich von düsteren Geistern bedroht, und sein menschliches, armes Gesicht hätte mich trösten können... Aber der Kaplan verharrte lange schweigend, mit dem Gesicht zu dem Toten ... lange ... und ich weiß nicht, schreckte er mich aus Gedanken auf oder aus Gebeten, oder nur aus einer dumpfen Verlorenheit in Angst, als er leise meine Schulter berührte ... seine Stimme klang nun sanft und fast tröstend: »Und es ist gewiß das Geheimnisvollste, daß er, der nie auch nur die geringste Beziehung zu einer Frau hatte ... er, der in einer fast zölibatären Keuschheit lebte ... daß er durch eine Frau gestorben ist. Und ich habe gedacht, daß er vielleicht noch lebte und ein menschlicherer Mensch gewesen wäre, wenn er eine Geliebte gehabt hätte ... oder nur einer jener Sünden unterlegen gewesen wäre, denen alle schwachen Menschen unterliegen ... Alkohol, Tabak. Er war auf eine unheimliche Weise keusch ... kein Trümmerstück aus dem Paradiese konnte ihn blenden. Und sein Untergang wurde herbeigeführt durch ein Weib, das trotz seines Widerstandes in die Bande eingeschleppt wurde ... trotz seines Sträubens und seiner Wutausbrüche nistete sie sich ein; und obwohl er ihr Führer bei vielen Morden war, er konnte dieses Weibes nicht Herr werden. Und das Schrecklichste war, daß dieses Weib ihn liebte und daß sie durch monatelangen kalten Hohn dazu getrieben wurde, seine Mörderin zu werden; sie hat die andren aufgestachelt, und ich denke mir, sie sind mit schrecklicherer Wut über ihn hergefallen als über die anderen Opfer; denn es ist ein teuflisches, ein ganz besonders tiefes und schreckliches Geheimnis, daß die Hölle im Grunde nichts so sehr haßt wie sich selbst ... sie haben ihn fast zerfleischt. Und doch lebte er noch, als man ihn hier vor der Tür fand mit einem Zettel in der Brusttasche, auf den eine intelligente Handschrift geschrieben hatte: Den blassen Hund der Polizei zur Beerdigung. Und es war eine Frauenhandschrift. . .«

Ich brachte nicht mehr die Kraft auf, mich umzuwenden . . . verloren starrte ich auf die schmutzigen Dielen . . . mein Gott, war ich hungrig, müde? . . . elend war mir, und ich glaube, ich war unfähig, das absolute Grauen zu begreifen . . . ich war versunken in meiner völligen Armseligkeit . . . unfähig auch, zu beten. Es war mir, als hätten hinter dem Bericht des Kaplans die Trümmer der Trostlosigkeit unserer ganzen Welt mich begraben, und eine dumpfe, dunkle Angst vor mir selbst hielt mich wie mit starren, eisernen Fängen . . . dann brachte ich mühsam, und als seien die Worte in meinem Munde schon zerschlagen, hervor: »Glauben Sie, daß er. . .?«

Aber der Kaplan hatte sich wieder umgewandt und schien zu beten, und -- es war seltsam -- ich wurde gleichsam gezwungen, mich auch umzuwenden und wieder die Leiche anzusehen, diese unveränderte, blut- und dreckverschmierte Leiche . . . vielleicht betete ich, ich weiß es nicht . . . mein ganzes Wesen war nur ein Bündel aus Angst und Qual und dumpfen Ahnungen.

Ach, wer kann diesen Zustand beschreiben, wo man von der eigenen Dumpfheit erfüllt ist wie von einer notwendigen Abwehr und doch in Gedanken alles hellwach erlebt, so kalt, wie man nur in Gedanken etwas erleben kann. . .

Dann wurde mit einem jähen Krach die Tür aufgerissen, es klang, als begänne jemand, das Haus über unseren Köpfen abzureißen, und da wir uns erschreckt und erwacht umwandten, schrie eine derbe Stimme: »Denn man her mit den Kadaver von. . .« Aber die drei uniformierten Gestalten bemerkten uns nun und traten etwas leiser näher . . . es schien so merkwürdig hell zu werden mit ihrem Eintreten. Einer von ihnen, ein dunkler, schmaler Mann mit einem stillen Gesicht, sagte leise: »'N Abend«, und dann zu den anderen beiden gewandt: »Nehmen wir ihn also. . .« Aber der Kaplan, der sie die ganze Zeit über erschreckt anblickte, als sei er abwesend, erwachte nun erst. Er hob abwehrend die Hände und rief: »Nein . . . nein . . . lassen Sie mich das machen. . .« Er drehte sich schnell um und packte furchtlos dieses zerstörte Menschenbündel und hörte nicht auf den erschreckten Ruf: »Herr Pastor. . .!«

Er sah aus, als trüge er eine verstorbene Geliebte, mit einer verzweifelten Zärtlichkeit. . .

Ich folgte wie im Traum durch die warme, schrecklich helle Wachstube, auf die nasse, dunkle Straße, in der der nasse, schmutzige Schneeschlamm lag. Ein brummendes, fauchendes Auto wartete draußen. Langsam . . . liebevoll legte der Kaplan die Leiche auf einen Strohsack hinten im Laderaum des Wagens . . . es roch nach Benzin und Öl . . . nach Krieg und Schrecken. . . Die Finsternis, die unbarmherzige Finsternis des Winters lag über den leeren Fassaden der Häuser wie eine unerträgliche Last. . .

»Aber . . . nein . . . das geht nicht. . .«, rief nun einer der Polizisten, als der Kaplan in den Wagen einstieg

. . . aber der dritte von ihnen machte eine eindeutige Handbewegung zur Stirn -- während der Dunkle still und, wie mir schien, mit schmerzlichem Lächeln dabeistand. . .

Der Kaplan winkte mir, näher zu kommen, und obwohl das Brummen des Motors nun stärker anschwoll, hörte ich doch die Worte, die er mir leise zuflüsterte, als sei es ein Geheimnis: »Er hat noch geweint . . . wissen Sie . . . ich hab die Tränen abgewischt, bevor Sie kamen . . . denn die Tränen. . .«, aber der Wagen raste plötzlich, indem er mit einem mächtigen Sprung ansetzte, davon, und ich sah nur noch eine hilflose Geste der schwarzen Gestalt, die mit dem Wagen in die kalten, düsteren Schluchten der zerstörten Stadt entführt wurde. . .

Das Rendez-Vous

Ich ging sehr früh zum Kai, um sie abzuholen. Es regnete in Strömen, schon seit Tagen. Der Boden der Promenade war aufgeweicht, und die Blätter faulten in den Pfützen. Jetzt schon – Mitte August – war der Geruch von Herbst in den Bäumen, die Terrassen der Cafés waren leergeräumt, die weißen Tische und Stühle aufgestapelt und hastig mit Segeltuch überworfen. Fast alle Gäste waren abgereist, und kein Mensch war um diese Zeit zu sehen. Über dem Wasser schwebte die Feuchtigkeit wie ein dichter Dunst, in dem die Strähnen des Regens kaum zu sehen waren. Außer mir der einzige Mensch weit und breit war der Angestellte der Schiffahrtsgesellschaft, dessen Kappe hinter der kleinen Scheibe seines Wärterhäuschens zu sehen war.

In den Hotelhallen standen die Kellner um diese Zeit fröstelnd in ihren Ecken und warteten den wenigen Gästen auf, die nachmittags ihren Tee oder Kaffee trinken wollten. . .

Acht Tage vorher hatte ich mich im Kino neben sie gesetzt; ich war schon früh gekommen, viel zu früh, und als ich an der gähnenden Platzanweiserin vorbei in die leere, hell erleuchtete Halle trat, sah ich erst vorne in Form eines grellen Rechtecks den Scheinwerfer flimmern, der schwärzliche Flusen auf die Leinwand zu projizieren schien und langsam, sich leise verschiebend, auf dem Nichts herumturnte; und ganz vorne, in der leeren Halle, nah vor der Leinwand, sah ich sie, nur ihren zarten Nacken und den grünen Regenmantel, und obwohl ich eine Karte für die besseren Plätze hatte, ging ich nach vorne und setzte mich neben sie...

Jetzt spürte ich, wie die Feuchtigkeit langsam an mir hochstieg, kühl sich ansaugend, aber es war mir gleichgültig. Mein Blick lag starr auf jener Biegung des Rheines, in der das Boot jeden Augenblick erscheinen mußte. Die schwarze Schiefertafel, auf der die Ankunftszeit in Kreide angeschrieben gewesen war, zeigte nur ein paar weißlich-graue, verschmierte Zeilen, und vom Schwengel der Glocke, die Ankunft und Abfahrt anzuzeigen pflegte, tropfte es rasch, immer schneller, wie von einem Wasserhahn, der defekt war...

Hinten in der Biegung tauchte ein schwarzer Lastkahn auf, der sich müde, aufreizend langsam stromauf schleppen ließ. Ich blickte auf meine Armbanduhr: es war wenige Minuten vor fünf. Wenn das Boot zehn Minuten später planmäßig wieder hier abfahren sollte, mußte es jeden Augenblick dort in der Biegung auftauchen. Der Mann hinter der kleinen Scheibe seines Häuschens rauchte jetzt eine Zigarette, und augenblicksweise war sein rotes Gesicht ganz von Qualm verhüllt. Mein Mantel war schon dunkel vor Nässe...

Immer noch nicht war der Schleppkahn ganz aus der Biegung heraus, er schleppte sein Hinterteil hinter sich her wie ein verwundetes Kriechtier seinen Schwanz. Der Kerl öffnete jetzt das Wärterhäuschen, und seine tiefe Stimme rief mich an: »Langweilig, wie, Herr Doktor?«

Ich erkannte ihn jetzt. Seine Frau hatte irgendwo unten am Kai ein Zigarettengeschäft, und vor einer Stunde noch hatte ich dort Tabak gekauft und mit ihm lange über die Vorzüge und Nachteile einzelner Marken geschwätzt.

»Hab Sie erst jetzt erkannt«, rief er und blickte auf meine Mütze. »Kommen Sie ein wenig rein.«

Er machte sich schmal und drückte sich gegen die Breitseite, die der Promenade zugekehrt war, und deutete mir an, daß ich die andere Seite einnehmen könnte. So standen wir dort eng zusammen wie zwei Posten in einem Schilderhaus.

»Dolles Wetter«, fing er wieder an, »einfach dolles Wetter. Ganze Saison versaut.«

»Ja«, sagte ich und blickte weiter starr in die Biegung des Rheines, dann rief ich: »Ach«, denn jetzt kämpfte sich flinker und leichter ein weißes Boot neben dem schwarzen Kahn vorbei.

»Sie erwarten jemand? Die gnädige Frau?«

»Ja«, sagte ich und bereute es schon, sein Angebot angenommen zu haben. Es war schöner gewesen, draußen im Regen zu stehen und zu wissen, daß ich eine Viertelstunde später mit ihr am Tisch sitzen und heißen Tee trinken würde. Der Mann war mir so nahe, daß seine neugierigen Augen fast meine Stirn berührten.

Ich ließ meinen Blick nicht vom Bug des weißen Bootes, das schon unter der Brücke war, noch in der Mitte des Stromes. Die Ufer waren nicht richtig zu sehen, die waren von dampfenden Regenwolken verhüllt, und die

Berge schwebten oberhalb dieser Dunstschicht gespenstisch hoch und düster.

»Ja, ja, die Liebe«, sagte der Alte und schob seine Mütze in die Stirn. Während ich auf das Boot starrte, machte ich jede seiner Bewegungen mit, ich schien selbst im Strom zu liegen, und ich krampfte die Hände zusammen, dachte daran, wie ich im Dunklen einfach nach ihr gegriffen hatte, als der Film endlich anlief; ich hatte ihre Hand genommen und sie behalten, die Hand einer fremden Frau, die sich nur ein einziges Mal zuckend wehrte und dann nachgab, eine sehr kleine Hand, die heiß war von Scham. Manchmal, während der matte Lichtschimmer von der Leinwand uns berührte, hatten wir uns angesehen: ich sah ein schmales Gesicht mit blassen, ernsten Augen, die mich etwas zu fragen schienen, und später, als der Film aus war, hatte sie zu entfliehen versucht, sich ins Gedränge mischend, aber ich hatte ihren grünen Regenmantel an der Straßenbahnstation entdeckt.

Das Boot bog jetzt aus der Mitte des Stromes an Land, und erst als der Mann aus dem Häuschen lief und den glatten Landungssteg hinunter ging, begriff ich, wie nahe das Boot schon war. Man hörte deutlich den Motor und sah Leute in Regenmänteln vorne am Ausgang stehen. Unten läutete schon die Glocke, ihre Schläge erklangen in diesen Regenwolken wie Signale auf See. Ich trat hinaus, und jetzt erst, in diesem Augenblick, wußte ich, daß kein Funken Freude in mir war; nur Angst, Unruhe und dieses prickelnde Gefühl lockender Gefahr, das die Autofahrer veranlaßt, in gefährlichen Kurven »auf die Tube zu drücken«.

Ich warf meine Zigarette in eine Pfütze und lief den Steg hinab. Unten stand der Alte, der jetzt ein dickes Polster zwischen Schiffswand und Brücke warf, von Bord des Bootes wurde ein Strick herübergeschleudert, den der Alte rund um einen eisernen Pflock drehte. Dann schob der Schiffsjunge den Laufsteg rüber. Ich blickte, ohne etwas zu sehen, vorne auf den Eingang. Nicht einmal ihr grünes Cape brachte mich ganz zur Besinnung...

»Tag, Frau Doktor«, rief der Alte, der jetzt leere Limonadenkisten in Empfang nahm und hastig aufeinanderstapelte.

Ich nahm ihren Arm, ohne sie recht anzusehen, und zog sie mit mir fort. »Ich danke dir«, sagte ich heiser.

»Ach«, sagte sie nur.

Ich preßte stumm ihren Arm. Hinter uns ertönte wieder die Glocke, das Motorengeräusch schwoll an und entfernte sich wieder, während wir die Promenade entlang durch die Pfützen ins Hotel gingen.

Die Halle war fast leer. Ich nahm ihr den Umhang ab und sah jetzt erst, daß sie einen kleinen Koffer trug. »Entschuldige«, sagte ich leise, nahm ihr den Koffer ab, hing den Umhang auf und befreite mich von meinem nassen Mantel und der Mütze. In der Halle saß die alte Kunsthändlerswitwe, die mir morgens gleich ihre Gesellschaft aufgezwungen, Schnaps getrunken und mir zynische Geschichten erzählt hatte. Sie blickte kurz zu uns herüber und aß dann weiter ihre Torte. Außer ihr saß nur noch ein alter

Herr dort, der schon mittags den Zeitungsständer belagert hatte.

»Was willst du trinken?« fragte ich.

»Tee oder irgend etwas Heißes.« Sie wandte sich dabei nicht um, ich roch nur ihr sanftes Parfüm, das mit den feinen Dünstungen vermischt war, die der Regen wachruft. Dann setzte ich mich ihr gegenüber und rief den Ober, der schon lange an seiner Ecke herumlungerte und hinüberlauerte.

Ich gab dem Kellner die Bestellung.

Wir rauchten schweigend. Manchmal blickten wir uns an, aber sooft sich unsere Augen hätten begegnen können, sahen wir zur Seite. Es war so still, nichts war zu hören als das sehr sanfte Rauschen des Regens, das kleine Klirren vom Tisch der Kunsthändlerswitwe, die eifrig dem Kuchen zusprach, und das milde Gespräch des Büffetmädchens mit den beiden Kellnern, das in den dicken Teppichen und Vorhängen fast ertrank.

Ich spürte, daß meine Kiefer zuckten vor Nervosität; es war eine Erlösung, als der Kellner kam. Schon der Geruch des starken Tees tat gut. Unsere Hände berührten sich über der Zuckerdose, ich ergriff ihre Hand fest und drückte sie, aber sie riß sich los, wurde blaß und starrte entsetzt auf meine Hand. Ich folgte ihren erschreckten Augen, und meine eigene Hand, mit dicken, blassen Fingern, kam mir sehr fremd vor, unheimlich fremd, als hätte ich sie noch nie gesehen; ich sah, daß ich vergessen hatte, den Trauring abzuziehen.

»Mein Gott«, sagte ich leise, »freust du dich denn nicht?«

»Nein«, sagte sie sofort und schüttelte heftig den Kopf.

Ich rührte in meinem Tee.

»Freust du dich denn?« fragte sie.

Ich schwieg.

Ihre Haut war jetzt wieder weiß und glänzend, so kühl, und das dunkle Haar glitzerte vor Feuchtigkeit.

»War die Fahrt schön?«

»Ja«, sagte sie ruhig, »die Fahrt war schön, wirklich herrlich. So auf dem Wasser zu sein, richtig eingenebelt, und es roch so schön. Nur schrecklich, daß ich hier aussteigen mußte. Ich wäre so gern weitergefahren, immer weiter den Rhein hinauf in diesem Regen bis . . . ja, nach Basel meinetwegen. Laß mich gehen«, sagte sie plötzlich. Ich blickte sie an: sie war ganz blaß und ihre Lippen zitterten.

»Du bist wahnsinnig«, sagte ich leise, »wozu bist du denn gekommen?«

»Laß mich gehen.«

»Du bist wohl nur gekommen, um mich verrückt zu machen. Ober«, rief ich laut.

»Laß mich gehen.«

Aus der Halle kam dieser schleichende Kellner. »Ja?« fragte er.

»Bringen Sie den Koffer meiner Frau bitte auf mein Zimmer.«

»Jawohl.«

»Laß mich gehen«, sagte sie, als der Kellner mit Koffer und Umhang verschwunden war.

Ich blickte mich um: der alte Herr las die siebenundzwanzigste Zeitung, die Witwe fraß das zehnte Stück Torte, irgendwo über Glasdächern summte der Regen, und aus der Nische unten, wo das Büffet war, kam das unpersönliche Gemurmel des Büffetmädchens mit dem Kellner.

Ich blickte sie flüchtig an: dieses schöne Gesicht war ganz verändert, hart und zitternd, und sie trank hastig diesen glühendheißen Tee.

»Komm«, sagte ich heiser und faßte ihre Hand.

»Ob du dich freust, hab ich eben gefragt?«

»Nein«, schrie ich laut.

Der Alte blickte von seiner Illustrierten auf, und die Witwe stockte einen Augenblick im Kauen.

Sie lachte laut und folgte mir.

Oben war es noch stiller. Das Fenster des Zimmers führte hofwärts in einen Lichtschacht, wo unten neben den überquellenden Mülleimern Asche und Abfälle naß wurden. Nur das irrsinnige Summen des Regens war zu hören.

Sie saß auf dem Bett und rauchte, während ich mit meiner Zigarette auf und ab ging. Manchmal blickten wir uns an, wie Menschen, die am Fuße eines Abhangs stehen und die Lawine heranrollen hören.
Ich dachte daran, wie ich sie im Dunklen geküßt hatte im Flur einer Mietskaserne, draußen, wo die Straßenbahnen ihrer Endstation zukreischten, und im Licht eines Autos, das aus der Nebenstraße einbog, hatte ich ihr Gesicht gesehen, weiß und lächelnd vor der zerkratzten braunen Wand. . .

»Mein Gott«, sagte sie plötzlich, »wie du stöhnst, setz dich neben mich.« Sie lächelte zum ersten Mal heute, dann drückte sie das Kissen beiseite und machte mir Platz.

»Gib mir deine Hand.«

Ich gab sie ihr. Ihre Hände waren kühl und trocken, sehr leicht. Ich spürte, daß sie den Trauring anfaßte, dann legte sie meine Hand in meinen Schoß zurück: meine Hand war schwer, fast tot. . .

»Laß mich gehen«, sagte sie.

»Geh«, sagte ich.

Sie küßte flüchtig meine Hand.

Ich ging zum Fenster und wartete. Der Regen weichte unten einen Haufen Asche auf, der neben den Eimer gefallen war. Ein schmales schmutziges Rinnsal floß vom Eimer auf den verstopften Abfluß zu, gelbliche Bahnen schmaler Regenströme. In einer großen Pfütze schwammen Papier, Schalen und Zigarettenstummel, die geplatzt waren und deren Tabak sich aus der Hülle löste, faserig und schwimmend auf der Oberfläche wie gelbe Würmchen. Ich warf meine Kippe dazu und wandte mich um. Das Zimmer war leer. Ich hatte nichts gehört.

Die Sippe Esaus

Dieser Schuft, dachte die Frau, jetzt ist er wieder hinüber. Er ist mir entflohen und dieser schmutzigen Erde. Er ist weg . . . sie betrachtete den Mann mit bitterem Gesicht. Er lag halb auf der Seite, sie sah sein kindliches lächelndes Profil, die wirren Haare und die halbnackten Arme; er hatte die Ärmel hochgekrempelt, und in der Rechten hielt er festgekrampft ein Stück Papier. . .

Der Schuft, dachte sie. Er ist doch ein Schuft. Das nennt er nun Arbeit, das nennt er Leben, ohne jede Regelmäßigkeit, ohne jedes Maß, ein Leben ohne Ordnung, dieser Schuft. Wie er lächelt.

Sie versuchte, ihm das Blatt Papier zu entreißen, aber er knurrte böse im Schlaf, und sie wandte sich schnell ab, dem Kocher zu. Die elektrische Schnur war defekt, das Anschlußstück aus Bakelit war zerbrochen, die Klammern blieben jedesmal im Mundstück des Kochers haften, fast kleben, und wenn man daran zog, zog man den Draht kaputt, jedesmal war der Draht kaputt. Sie flickte mit leisen Flüchen den Draht, schloß ihn an das Mundstück des Kochers an und stöpselte ihn in die Steckdose. Mit einem fast atemlosen Lauern wartete sie darauf, daß der Draht glühen würde. Er glühte wirklich, sie setzte Wasser auf . . . dann begann sie ziemlich laut die Bude aufzuräumen, es war alles durcheinander. Er hatte ein Fußbad genommen, sich rasiert, ehe er angefangen hatte zu saufen, es lag alles unordentlich herum, die Schüssel mit dem schmutzigen Wasser, der kleine Topf, an dessen Rand der getrocknete Rasierschaum klebte, die alten Socken, zweierlei Handtücher, alles lag über dem Tisch, auf dem Stuhl und auf dem Boden zwischen Tisch und Stuhl zerstreut...

Auf dem Schreibtisch standen Blumen, sie suchte die welken raus, warf sie in die Waschschüssel, kippte auch das Wasser aus dem Rasierbecken da hinein und goß alles zusammen in die Dachrinne...

Dieser Schuft, dachte sie, sie murmelte jetzt fast, wie lange mag er schon so da liegen, das nennt er also arbeiten.

Sie betrachtete ihn nun genauer. Das Zimmer war aufgeräumt, und das Wasser begann eben erst leise zu summen, sie hatte Zeit. Dieser Ausdruck von Glück auf seinem Gesicht machte sie fast verrückt, dieses Glück haßte sie. Dieses Glück, dachte sie, dieses Glück kommt nicht von mir, dieses Glück ist irgendwo gestohlen. Er schleicht sich an die Reste des Paradieses und raubt von ihrer Substanz. Dabei liebe ich ihn...

Sie versuchte sich plötzlich vorzustellen, daß er weit weg sei. In Amerika oder Australien, und ihr Herz krampfte sich zusammen vor Angst, daß es wahr werden könnte. Ich kann ohne ihn nicht leben, dachte sie, das ist furchtbar. Selbst der Schmerz, den er mir immer bereitet, macht mich glücklich, dieser Schuft...

Sie rückte den Stuhl vom Schreibtisch näher und setzte sich neben die Couch. Ihre Füße schmerzten sie, sie hatte einen weiten Weg gemacht, um wieder irgendwo Geld zu leihen. Es war wieder mißglückt. Der letzte Tee, dachte sie, die letzte Butter und das letzte Brot, und dieser Schuft ist wieder betrunken. Ich möchte wissen, was er geschrieben hat...

Wieder versuchte sie, ihm das Blatt Papier aus der Hand zu ziehen, ganz leise, aber wieder knurrte er, und sie fürchtete sich davor, seinen Schlaf vor dem natürlichen Ablauf zu unterbrechen. Er haßte nichts mehr, als aus dem Schlaf »gerissen« zu werden. Es erinnerte ihn an den Krieg, sagte er immer. »Oh, dieses Reißen. Der Schlaf ist eins der kostbarsten Güter, die Gott uns geschenkt hat...«

Keinen Pfennig Geld hatten sie mehr, nirgendwo mehr für einen Groschen Kredit. Die Miete zu bezahlen, den Strom, ach, wozu es sich alles wieder aufzählen.

Sie blickte wieder zum Kocher, das Brodeln hatte nachgelassen. Fluchend hob sie den Topf ab. Der Draht glühte nicht mehr, sie stöpselte aus, hielt die Hand über die Kochplatte, um zu fühlen, wie heiß sie noch war, und fing dann an, langsam und systematisch den ganzen Glühdraht durchzustochern, um festzustellen, wo er wieder defekt war. Dabei fluchte sie leise. Sie spürte, wie ihr das Weinen in der Kehle saß...

Es war zum Verrücktwerden. Selbst wenn man Geld gehabt hätte, selbst wenn man versuchte, einen neuen Draht oder einen neuen Kocher, oder nur ein neues Anschlußstück zu kaufen, man hätte es nicht bezahlen können. Sie nahmen entsetzliche Preise für diese Dinger. Dabei wurde man eines Tages verrückt wegen dieser Anschlußstücke, dieser winzigen Scheißbakelitstücke, die keine zwanzig Pfennig wert waren. Seufzend hielt sie den einen Zinken der Gabel hoch -- sie hatte die Bruchstelle entdeckt, man sah sie so schlecht, der Draht war dunkel geworden und war an vielen Stellen spröde, und bei jedem Kochen fast brannte eine neue Stelle durch. Sie zog den Draht an den beiden Enden lang, wickelte die langgezogenen Enden umeinander und stöpselte wieder ein: er glühte wieder. Wieder setzte sie das Wasser auf. . .

Das macht mich ganz krank, dachte sie, daß sie uns so sinnlos quälen. Wenn ich einen von diesen Kerlen erwischte, der diese Bakelitdinger macht oder diese Glühdrähte und der sie zurückhält, und der schuld ist, daß viele tausend Frauen und Männer bald verrückt werden, wenn ich diesen Kerl kriegen könnte, ich würde ihn kaltmachen . . . das Wasser begann wieder zu brodeln.

Ach, wenn er doch wach geworden wäre. Sein Gesicht war so wahnsinnig glücklich, es machte sie ganz krank. Sie fand von sich selbst nichts in diesem Gesicht, und es war furchtbar, so allein zu sein, zu sitzen da an seiner Couch und nicht zu wissen, was er geschrieben hatte, nicht zu wissen, ob sie es drucken würden und ob Geld ins Haus kommen würde. Nicht zu wissen, warum er so glücklich lächelte, und nicht zu wissen, woher er Geld oder Kredit genommen hatte, um sich zu betrinken. Die Flasche lag umgekippt neben dem Bett. Sie hob sie auf und roch daran: Wein, dachte sie, Rotwein. . .

Das Wasser schien zu kochen. Sie hob den Deckel auf, wandte ihr Gesicht von dem brodelnden Dampf schnell ab und goß das Wasser in die Teekanne. Erst einen großen Schluck, dann setzte sie es noch einmal auf den Kocher. Das Wasser muß zum Tee irrsinnig kochen, dachte sie, es muß so heiß werden, wie es eben geht. Es muß fast kaputtkochen. . .

Sie hob die Flasche wieder auf, roch noch einmal daran und stellte sie vorsichtig neben die Couch. Diesen Schuft also, dachte sie, liebe ich . . . ich liebe ihn . . . sie ging seufzend zur Schreibtischplatte zurück und hob wieder den Deckel, das Wasser sprudelte, sie goß die Kanne voll, stöpselte den Kocher aus und stellte die Kanne auf die Platte, die noch warm war.

Die Geschichte der Brücke von Berkowo

Die Geschichte dieser Brücke ist seinerzeit viel besprochen worden: man hat darüber geflucht, man hat geweint, einige haben gelacht, man hat sie gleichgültig dem allgemeinen, so unendlich vieles umfassenden Geschehen des Krieges eingereiht, ohne sie besonderer Bedeutung zu würdigen, und letzten Endes ist die Geschichte wirklich vergessen worden, zumal sie auch keine strategische oder gar große historische Bedeutung gehabt hat.

Und doch fühle ich mich verpflichtet, nun zu erzählen, was wirklich an jenem entscheidenden Tage dort geschehen ist, und ich habe mir vorgenommen, es der Reihe nach und möglichst genau aufzuschreiben, denn ich vermute fast, daß ich der einzige Überlebende bin von denen, die entscheidend dabei beteiligt waren. Von Schnur und Schneider weiß ich, daß sie gefallen sind, und jener andere, der Gegenspieler, ein Leutnant aus dem Stab des 3. Pionierregiments, ist – so vermute ich – ebenfalls gefallen in den folgenden letzten Monaten des Krieges, denn ich habe vergebens nach ihm gesucht. Vielleicht auch ist er in Gefangenschaft geraten, verschollen oder verkommen, denn obwohl er ein nüchterner, tüchtiger und sympathischer Soldat war, niemand vermag zu sagen, ob er nicht doch dem allgemeinen Gift der Zerstörung anheimgefallen ist und irgendwo schicksallos und elend sein Leben fristet, ohne lebendigen Zusammenhang mit der Vergangenheit.

Da ich mich bemühen will, eine strenge Reihenfolge einzuhalten, muß ich mit dem Tage beginnen, an dem ich vom Arbeitseinsatzhauptstab Südost den Befehl bekam, beim Bau – oder besser Wiederaufbau – der Brücke von Berkowo die Leitung zu übernehmen. Es war wenige Tage nach Weihnachten, und ich lungerte damals – gegen meinen Willen tatenlos – beim Einsatzreservebaustab KNX herum. Und ich war sehr glücklich, als es endlich etwas zu tun gab. Ich ging vollkommen planmäßig vor, nachdem ich vorher alle Instruktionen über den geplanten Bau eingefordert hatte: Die Brücke von Berkowo war 1941 beim Rückzug der Russen von einem russischen Nachkommando gesprengt worden, kurz bevor die Deutschen sie erreichten und die Sprengung hatten verhindern können. Man hatte dann später von einem Wiederaufbau abgesehen, da das Örtchen Berkowo in völlige Bedeutungslosigkeit versunken war, sowohl was das Strategische wie das Besatzungspolitische betraf; und besonders deshalb, weil die Brücke als wichtige Nachschubstütze nicht mehr in Betracht kam. Denn im Verlauf der Kämpfe und der Eroberung hatte man zwei Kilometer südöstlich von ihr eine Kriegsbrücke über die Beresina gebaut, die inzwischen verstärkt und als Nachschubweg ausgebaut worden war. Damals war es der Baueinsatzhauptleitung Südost und auch den entsprechenden Heeresstellen sinnvoller erschienen, das für die Brücke von Berkowo erforderliche Material zur Fertigung dieser Kriegsbrücke zu verwenden, zumal –

wie ich schon sagte – der Flecken Berkowo selbst vollkommen bedeutungslos war. Er diente im Laufe des Krieges lediglich als Unterkunft einer Kompanie des Wachbataillons, welches Partisanentätigkeit im Hinterland zu überwachen und möglichst zu verhindern beauftragt war.

So weit die Vorgeschichte der Brücke von Berkowo.

Ich bekam nun wenige Tage nach Weihnachten 1943 den schriftlichen Befehl, die Brücke wieder aufzubauen, Arbeitskräfte und Material – soviel ich es als erforderlich berechnen würde – wurden zugesichert, und bei meiner ersten Ortsbesichtigung fand ich Folgendes vor: Das Flüßchen Beresina ist dort etwa 80 Meter breit. Im Strom selbst standen noch betonierte Pfeiler, zum größten Teil unbeschädigt, während die Brücke selbst in meisterhafter Weise gänzlich weggesprengt worden war und nun schon seit zweiundeinhalb Jahren von den Fluten der Beresina umspült wurde. Das Örtchen Berkowo bestand aus etwa zehn Häusern, von denen noch fünf bewohnt oder bewohnbar waren, die übrigen Häuser waren infolge jahrelanger Unbenutztheit verfallen, auch waren ihre Holzteile von den Soldaten der Wachkompanie ausgeschlachtet und wahrscheinlich zum Ofenanzünden und Essenkochen verwendet worden. Vier Häuser waren zur Zeit, wo ich meine notwendigen Messungen und Berechnungen dort vornahm, von den Soldaten der Wachkompanie bewohnt, die einen aufreibenden und ziemlich erfolglosen Dienst in der Umgebung zu versehen hatten. Im fünften schließlich wohnte eine alte Russin mit ihrer Tochter; die beiden kochten, wuschen und putzten für die Soldaten und unterhielten außerdem eine aus dunklen Quellen gespeiste Kneipe, mit Schnaps, Weinen und Eßbarem.

Zuletzt schließlich entdeckte ich einen kleinen Friedhof, auf dem man jene Soldaten beerdigt hatte, die im Laufe der Jahre in Ausübung ihres Dienstes gestorben oder gefallen waren. Jedoch war damals schon ein Exhumierungskommando dabei, die Leichen auszugraben und auf einen geplanten Heldenfriedhof umzubetten.

Mit meinen beiden engeren Mitarbeitern Schnur und Schneider benötigte ich nun knapp drei Tage, um die erforderlichen Messungen und Berechnungen vorzunehmen. Gleich bei der ersten Besichtigung des Bauplatzes hatte ich den Plan gefaßt, die noch vorhandenen Betonpfeiler auszunutzen, sie mit einer Eisen- und Holzkonstruktion zu überbrücken, die nicht für eine längere Dauer haltbar, aber doch für eine Zeit von etwa drei Monaten auch größeren Truppenbewegungen selbst schwerer Einheiten hätte standhalten können. Denn beim Baueinsatzhauptstab Südost hatte man mir gesagt, daß die Brücke wahrscheinlich im Rahmen eines allgemeinen Rückzuges benötigt werde, weil auf der zwei Kilometer südöstlich gelegenen Brücke mit einer untragbaren Stauung zu rechnen sei.

Natürlich ist es nicht gerade eine dankbare Aufgabe, eine Brücke zu bauen, von der man weiß, daß sie schließlich dazu bestimmt ist, gesprengt zu werden, denn nirgendwo so sehr wie in unserem Beruf – dem des Baumeisters – besteht doch die Tendenz der Dauerhaftigkeit des Objekts, während in anderen Künsten wohl eher die Möglichkeit des Flüchtigen gegeben sein mag. Wir nahmen also unsere Messungen und Berechnungen nicht mit übermäßiger Freude vor, während wir andererseits froh waren, der dumpfen Wartezeit beim Reserveeinsatzbaustab KNX entronnen zu sein.

Da mein Befehl die Formel enthielt, den Bau in spätestens vierzehn Tagen vollendet zu haben, mußte ich, da ich dreitausend Arbeitstage kalkuliert hatte, 250 Mann anfordern, denn bei Objekten dieser Art muß man einen prozentual hohen Arbeitsausfall, Verschleiß und die stets ungewissen Imponderabilien der verschiedensten Art veranschlagen. Außerdem mußten natürlich zur Verpflegung, Betreuung, Bewachung der Arbeiter mindestens insgesamt 50 Mann Sanitäts-, Wach- und Küchenpersonal angefordert werden. Bei allem diesem war die großzügige Bereitstellung jeglichen Materials in ausreichenden Mengen Voraussetzung. Und letzten Endes benötigte ich noch für die ersten Tage einige Sprengfachleute einer Pioniereinheit, die bei der Sprengung geringfügiger Brückenreste behilflich sein mußten.

Alle diese Berechnungen, Messungen und ähnliches hatten wir drei, Schneider, Schnur und ich, in knapp drei Tagen beendet, und während dieses ersten Aufenthaltes in Berkowo hatten wir Gelegenheit, das reichlich verkommene, ich möchte fast sagen demoralisierte Treiben der Wachleute zu beobachten, die unter der Leitung eines älteren Leutnants und zweier Feldwebel standen. Da die Gerüchte vom bevorstehenden allgemeinen Rückzug, die damals nicht mehr zu unterdrücken waren, auch dieses Kaff in ziemlich massiver Form erreicht hatten, sank die Moral von Tag zu Tag mehr; oft verirrten sich Einheiten, die nach alten Karten der Brücke zustrebten, auch kamen häufig Verpflegungswagen und irregeleitete Einheiten, und unter der Einwirkung des unvermeidlichen Geflüsters von Mann zu Mann lautete damals in zynischer Offenheit die Parole: Rette sich, wer kann, und jenes schauererregende, verderbliche Sprichwort: Genieße den Krieg, der Friede wird fürchterlich. Diese beiden Worte wurden zur offenbaren Losung der Wacheinheit, die im übrigen täglich ihre Abberufung erwartete. Es wurde offene Hurerei mit der Tochter der Kneipenwirtin getrieben, einem derben blonden, grobschlächtigen Frauenzimmer, außerdem fanden sich übrige Weiber hinzu, und ich selbst habe es gesehen, daß große Teile der Bekleidungskammer, Ausrüstungsgegenstände (und ich vermute auch Waffen) an herumstreunende Russen verschachert wurden, die buchstäblich säckeweise Geld mit sich schleppten und auf irgendeine geheimnisvolle Weise die Waren wegschafften. Jeden Abend wurden Orgien gefeiert, wobei man den Leutnant, der manchmal einen schwachen Widerstand versuchte, einfach dadurch beschwichtigte, indem man ihm die Schönste der anwesenden Weiber ins Bett gab und ihn früh genug betrunken machte.

Den Soldaten selbst haftete bei allen diesen Vorgängen eine gewisse seltsame Trauer an, die auf einen gewissen Rest von Anständigkeit schließen ließ; wie man ja vielleicht auch sagen könnte, daß diesen Leuten wirklich vielleicht zu viel zugetraut worden ist. Und ich muß hinzufügen, daß ein ziemlich großer Teil sich diesen Orgien fernhielt; es ist ja so, daß zwei Betrunkene mehr Lärm veranstalten als zweihundert besonnene Menschen. Aber alle jene, die an diesem Treiben nicht direkt teilnahmen, waren außerstande, etwas aktiv dagegen zu unternehmen, sie alle waren krank an jener furchtbaren Krankheit: der Resignation.

Ich selbst habe, sobald ich meine vorgesetzte Dienststelle wieder erreicht hatte, alle diese Dinge vorschriftsgemäß gemeldet, obwohl ich mir der Schwierigkeit bewußt war, die es bedeutet hätte, etwa den Beweis für diese Beobachtungen anzutreten. Denn es war damals üblich, daß jede Einheit über sogenannte schwarze Bestände verfügte, die bei irgendwelchen Rückzügen in ihre Hände gefallen und niemals gemeldet worden waren.

Außerdem legte ich sofort nach meiner Rückkehr Pläne und Berechnungen vor, die nun ihrerseits den Abteilungen »Material« und »Arbeitskräfte« zugeleitet wurden. Bei der bewunderungswürdigen Tatkraft und Einsatzfreudigkeit unseres Stabes waren die angeforderten Materialien und Menschen in acht Tagen sowohl bereitgestellt wie schon verladen und in Marsch gesetzt. Außerdem hatte man vier transportable Baracken zur Unterbringung der Leute mitbefördert; es erwies sich aber bei unserem Eintreffen als überflüssig, da die Wacheinheit inzwischen abberufen war und die Quartiere also uns zur Verfügung standen. Allerdings, da es nun ebenso sinnlos gewesen wäre, die Baracken wieder zurückzuschaffen, dienten sie uns beim Bau zur größeren Bequemlichkeit.

Von der Heeresgruppe Süd wurden zwei Panzereinheiten zum Schutz des nun plötzlich sehr wichtigen Objektes beordert. Diese beiden Einheiten postierten sich etwa zweihundert Meter südlich und nördlich von uns und hatten uns sowohl gegen mögliche Überfälle aus dem Hinterland wie auch gegen mögliche Übergriffe etwa durchgestoßener russischer Kräfte von der anderen Seite des Ufers zu schützen. Ein kleinerer Trupp schließlich bezog Stellung unmittelbar hinter uns, so daß wir, durch eine Art Brückenkopf geschützt, planmäßig zum angesetzten Termin beginnen konnten.

Ich muß hier einfügen, daß die Beunruhigung unter unseren Leuten nicht gering war, denn der Abzug der Wacheinheit bedeutete ja praktisch, daß das Gebiet wieder Kampfgebiet geworden war, und in der Tat belehrte uns der Kampflärm, der in den nächsten Tagen manchmal verhältnismäßig nahe, dann wieder ferner zu hören war, daß wir uns auf ziemlich vorgeschobenem Posten befanden.

Alles aber verlief planmäßig. Einschließlich der einkalkulierten Imponderabilien: Ausfall von Arbeitskräften, Verschwinden von Material, unvorhergesehene Störungen beim Bau: Regen oder große Kälte. Auch die Brüchigkeit der noch vorhandenen Pfeiler erwies sich als stärker, als ich angenommen hatte, denn bei unserer ersten Besichtigung hatte ich sie, da kein Boot vorhanden war, nicht alle aus der Nähe begutachten können. Jedoch war dies alles eingerechnet, und unsere Arbeit verlief planmäßig. Frühzeitig hatte ich die alte Kneipenwirtin mitsamt ihrer Tochter und allem Anhang verhaften lassen und neue, kontrollierte Dirnen angefordert, die auch pünktlich eintrafen und in einem der Häuser untergebracht wurden. Sogar die Belieferung mit Schnaps und Tabak klappte, denn wir hatten im Laufe von Jahren die Erfahrung gemacht, daß diese in ihrem Wert doch schließlich geringen Dinge jedes Projekt wesentlich förderten; von den zur Arbeit gezwungenen Menschen der verschiedensten Nationen konnte man letzten Endes keinerlei Begeisterung und Arbeitsfreudigkeit erwarten, wenn nicht ein gewisser materieller Vorteil ihnen wenigstens scheinbar gewährt wurde.

Die vierzehn Tage angenommener Bauzeit verliefen also planmäßig. Einzig zu berichten wären die Gerüchte, die die täglichen Verpflegungsfahrer mitbrachten: daß der allgemeine Rückzug (man wagte stellenweise schon das Wort Flucht) bereits im vollen Gang sei, ein großer Teil der Truppen das rechte Ufer der Beresina schon geräumt habe, daß man anscheinend plane, die Hauptmasse des Feindes ins Leere vorstoßen zu lassen; daß die südöstlich gelegene Brücke wahrscheinlich doch dem Rückzug genügen würde. Im großen ganzen allerlei demoralisierendes Zeug, dem ich natürlich meine Ohren verschloß, wenn es nicht meuterisch genug war, um der Polizei gemeldet werden zu müssen. Ich blieb in ständiger telephonischer Verbindung mit meinem Stab, berichtete laufend über den Fortgang der Arbeit, und es war eine Genugtuung für mich, daß ich keinerlei retardierende Einwendungen bezgl. der Fertigstellung der Brücke zu machen brauchte, denn – wie gesagt – alles verlief planmäßig.

Allerdings – und da ich mich verpflichtet habe, die Wahrheit zu berichten, muß ich diese Einschränkung machen – beunruhigte auch mich insgeheim der Kampflärm, der nach den ersten acht Tagen verhältnismäßig nahe gerückt schien und sich von diesem Tage an stetig näherte, manchmal auch ganz bedrohlich sich dem rechten Ufer unseres Bauplatzes zu nähern schien.

Gelegentlich auch hatte ich einzelne Rückzügler, soweit sie im Besitze von Papieren oder in Begleitung eines verantwortlichen Führers waren, über einen Laufsteg der Brücke hinübergelassen, da ich mit den übermüdeten Männern Mitleid empfand und sie nicht sinnlos noch zwei Kilometer stromauf schicken wollte. Andere wiederum, führerlose und verwahrloste Gruppen oder einzelne, die sich als Versprengte ausgaben, wies ich in aller Strenge zu der stromauf gelegenen Brücke, da ich wußte, daß dort alle aufs genaueste überprüft wurden und kein planlos Fliehender oder gar Fahnenflüchtiger hinübergelassen wurde. Auch die finstre Stummheit der Offiziere dieser Gruppen, von denen ich insgesamt innerhalb der ersten zehn Tage etwa acht hinüberließ, bestärkte mich in einem gewissen inneren Pessimismus, den ich natürlich nach außen hin verbarg. Jeglicher eigenen Verantwortung war ich ja durch die tägliche Verbindung mit dem Baueinsatzhauptstab Südost enthoben, der immer wieder die Fertigstellung der Brücke zum angegebenen Termin hervorhob.

So verlief also alles planmäßig bis zum letzten der zum Bau vorgesehenen Tage. Schon zwei Tage vor diesem Termin hatten wir damit beginnen können, das fertige Gerüst über die vorhandenen Pfeiler mit den dikken, geteerten Eichenbohlen zu belegen, die durch eine besondere Art von Schraubnieten befestigt werden sollten. Diese Bohlen waren berechnet, um auch schweren und schwersten Fahrzeugen und Geschützen den Übergang über die Brücke zu ermöglichen. An diesem letzten Tage schritt die Arbeit gut voran. Das Gefühl, dem Ziele nahe zu sein, gab den Leuten Mut, und die Aussicht, der gefährlichen Zone nun bald zu entrinnen - denn der Lärm entfernter Rückzugsgefechte war nun Tag und Nacht zu hören -, gab den Männern Ansporn. Über unseren Laufsteg hatte ich die Hälfte der zum Belegen noch erforderlichen Bohlen auf die andere Flußseite schaffen lassen - indem ich dieses Risiko auf mich nahm, wohlweislich den möglichen Erfolg dieser Maßnahme berechnend - aus dem Grund, damit nun am letzten Tage von beiden Seiten aus mit dem Belegen der Brücke begonnen werden konnte. Auf diese Weise brachte ich in die beiden mit dieser Arbeit beauftragten Kolonnen, ungeachtet der oben erwähnten Anspornungen - eine gewisse sehr heilsame Konkurrenz, einen wettläuferischen Eifer, der sich mir im Laufe meiner langjährigen Tätigkeit als sehr brauchbar erwiesen hatte. Insgesamt waren mit dieser Arbeit hundertundzwanzig der noch verbliebenen Arbeiter beschäftigt, die ich in zwei Kolonnen zu je sechzig unter die Leitung von Schnur und Schneider gestellt hatte. Die restlichen achtzig - alle anderen waren, wie vorausgesehen, ausgefallen - hatte ich angestellt, um das übrige Baumaterial, auch die Werkzeuge, Küchengeräte und ähnliches, bereits zu verladen, denn mein Ehrgeiz bestand darin, der Oberbaueinsatzleitung Südost in der gleichen Minute sowohl die Fertigstellung der Brücke wie auch völlige Abmarschbereitschaft zu melden.

Gegen Mittag dieses letzten Tages waren sich die Kolonnen schon so nahe gekommen, daß ich völlig beruhigt die Pause um eine halbe Stunde verlängern konnte (übrigens, wie ich später feststellte, sehr gegen den Willen der Leute, denn sie hätten nun lieber pausenlos das Werk zu Ende geschafft, um der immer brenzliger werdenden Situation zu entrinnen). Mich aber stimmten der offensichtliche Eifer und die Erschöpfung der Leute milde, ebenso wie mich das Bewußtsein mit Stolz erfüllte, nahe an der Vollendung eines meisterhaft kalkulierten und ebenso meisterhaft schnell und pünktlich geleiteten Bauwerks zu sein. Auch hatte mich die Bauleitung, die mehrmals in Begleitung einiger Herren des Generalstabes meine Arbeit besichtigt hatte, wissen lassen, daß das Verdienstkreuz erster mir nun sicher sei.

Nach der Pause schritt die Arbeit flink fort, auch die Verladung des Materials nahm guten Fortschritt. Mehrere Wagen hatte ich bereits abfahren lassen.

Immer noch hielt der Kampflärm an, der nun näher gekommen war und sich bedrohlich an einem Punkt zu konzentrieren schien. Das Geräusch schwerer Geschütze, von denen wir teilweise nicht nur die Einschläge, sondern auch die Abschüsse hörten, war fast wie das sehr ungeduldige und ungehaltene Pochen an eine Tür, die man mit Gewalt sprengen möchte. Alle diese Geräusche, auch das Feuer der Infanteriewaffen und das Brummen von Panzern, begleiteten diese letzten Stunden unserer Arbeit, die dadurch nicht im geringsten behindert wurde. Allerdings waren auch die unserem Schutz bereitgestellten Panzereinheiten – wie ich später erfuhr: ohne jeden Befehl – abmarschbereit – und die beiden Befehlshaber, ein Oberleutnant und ein Hauptmann, belauerten dauernd stumm die Baustelle, wahrscheinlich um einigermaßen Klarheit über den Zeitpunkt ihrer wahrscheinlichen Flucht zu haben.

Direkt betroffen wurde ich erst, als etwa gegen drei Uhr ein junger Pionierleutnant in einem geländegängigen Wagen mit zwei Soldaten vorfuhr; dieser sehr sympathische und nüchterne junge Mann erklärte mir, daß er den Befehl habe, die Brücke um vier Uhr zu sprengen. Diesen Befehl konnte er mir schriftlich vorlegen, und was er an strategischen Neuigkeiten erzählte, alles war angetan, seinen Auftrag ausreichend zu erklären. Der Rückzug der Truppen auf dem anderen Ufer war fast vollständig vollzogen. Einzig eine größere Einheit war damit beauftragt, die Masse des Feindes zu fesseln und den Eindruck großen Widerstandes vorzutäuschen, allerdings – der Leutnant sagte mir dieses im Vertrauen – hatte man diese Einheit insgeheim aufgegeben, und es war Befehl erteilt, um vier Uhr, gleich welcher Art die Lage dann sein würde, beide Brücken zu sprengen.

Mit dem Eintreffen zweier feindlicher Heersäulen an je einer der Brücken war spätestens gegen viereinhalb Uhr zu rechnen, und die Heeresleitung sah sich außerstande, den drüben noch kämpfenden Truppen die beiden Brücken als Rückzugsmöglichkeit offen zu lassen, auf die Gefahr hin, daß sie beide in Hände des Feindes fallen und dessen Vormarsch günstig sein würden.

Es war also Befehl erteilt, die Brücke zu sprengen, und zwar spätestens um vier Uhr, gegebenenfalls früher. Doch sollte dieses erst vorgenommen werden, wenn feindliche Truppen in unmittelbarer Nähe beobachtet wurden. Dieses jedoch war in unserem Falle äußerst ungünstig, da sich auf dem rechten Ufer der Beresina der Wald bis nahe ans Ufer erstreckte.

Zuerst besichtigte ich mit dem jungen Leutnant die Brücke, die nun fast vollendet war, und er selbst suchte bei dieser ersten Besichtigung, die etwa um Viertel nach drei stattfand, die für Anbringung der Sprengladung günstigsten Stellen aus. Außerdem zeigte er sich sehr erstaunt über den Stand des Baues: man habe ihm gesagt, und seines Wissens sei das auch den Stäben der drüben kämpfenden Truppen angezeigt worden, daß mit der Fertigstellung der Brücke von Berkowo erst in etwa einer Woche zu rechnen sei; eine Erklärung, die mir auch hinlänglich Informierung gab über die erstaunliche Tatsache, daß noch keine Truppe geschlossen wenigstens den Versuch gemacht hatte, die Brücke zu überqueren. Auch in dem Zustand, in dem sie sich jetzt befand, hätte sie selbst motorisierten Einheiten zum Übergang dienen können, und ich hätte gewiß niemand ihre Benutzung verweigert.

Ich ging sofort in mein Büro zurück, und nun setzte in Gegenwart des Leutnants ein wüstes Telephonieren ein. Ich rief die Oberbaueinsatzleitung an: Nichts von Sprengen bekannt. Also weiterbauen, bis Befehl widerrufen. Dann benötigte ich fast eine halbe Stunde, um über vielfach zerstörte Leitungen das Oberkommando

Südost anzurufen: Bestätigung des Befehls an den Leutnant.

Meine Lage war denkbar seltsam, zumal mir alle Erklärungen des Leutnants stichhaltig erschienen, und obwohl ich viel darum gegeben hätte, meine Arbeit zu vollenden, so lag mir andererseits nichts daran, das Leben des geringsten meiner Leute auch nur eine einzige Minute länger aufs Spiel zu setzen, als befohlen war. Ich ließ mich also noch einmal mit der Oberbauleitung verbinden, deren Quartier ähnlich wie das des Oberkommandos etwa zweihundert Kilometer westlich lag. Der Chef selbst befahl mir ziemlich ungeduldig, weiterzubauen, schon aus Prinzip. Er erklärte mir wörtlich: es geht nicht an, daß wir angesichts von noch so erdrückenden Tatsachen unsere Prinzipien über den Haufen werfen. Dann fügte er hinzu, daß er jeden Augenblick die Verbindung mit dem Oberkommando erwarte, von dem er die Bestätigung des Befehls an den Leutnant erwarte. Er hing ein. Es war zehn Minuten vor vier. Um vier Uhr sollte die Brücke fertig sein, und drüben auf dem anderen Ufer herrschte eine beunruhigende Stille. Die Brücke war bis auf eine klaffende Stelle von etwa dreiviertel Meter geschlossen. Sie würde pünktlich auf die Minute fertig sein. Noch nie hatte einer meiner Pläne sich als unhaltbar erwiesen. Ich begutachtete noch ein letztes Mal die Standhaftigkeit der Bohlen und Schraubnieten. Inzwischen war auch alles übrige Material verladen, und lediglich einige leere Lkws zur Aufnahme der Arbeiter standen bereit, die Motoren schon angeworfen, denn ich hatte auf fünf Minuten nach vier den allgemeinen Abmarsch befohlen.

Zwei Mann aus Schneiders Kolonne montierten die letzten Nieten wenige Minuten vor vier, während der Leutnant bereits begonnen hatte, die Sprengladungen anzubringen, die durch Zündschnüre verbunden wurden. Der Leutnant selbst kam eine Minute vor vier in die Mitte der Brücke, wo ich der Montierung der letzten Bohlen beiwohnte, und bat mich, doch diese nicht mehr aufzuschrauben, da gerade diese Stelle zum Anbringen der Sprengladung äußerst günstig sei, aber ich blieb nun fest, zumal ich ausdrücklichen Befehl vom Chef hatte, in unseren Prinzipien zu verharren. Der Leutnant ging achselzuckend weg, ich warf noch einen Blick auf die Brücke und ging dann zusammen mit Schnur und Schneider und den letzten Arbeitern zur Bauhütte, um die Fertigstellung der Brücke von Berkowo pünktlich auf die Minute durchzugeben. . .

Aber nun ereignete sich etwas Furchtbares. Auf der anderen Seite in dieser atemlosen Stille tauchten nun aus den Wäldern fliehende Soldaten auf, die zum Teil Verwundete mit sich trugen; andere rasten allein, trotz völliger Erschöpfung, die man in so geringer Entfernung auf ihren Mienen lesen konnte; auch Fahrzeuge fuhren aus den Wäldern heraus; alles in ängstlicher und wilder Flucht, die Menge mehrte sich, aus dem Walde quellend, immer mehr und näherte sich sehr schnell der Brücke, die ihnen wie eine wahre fleischgewordene Hoffnung erscheinen mußte, zumal ich auf ihrer höchsten Steige einen Mast mit der Hakenkreuzflagge zur Feier ihrer Fertigstellung hatte anbringen lassen.

Der Leutnant eilte nun mit seinen Leuten von der Brücke herunter, zeigte mir achselzuckend seine Armbanduhr, die fünf Sekunden vor vier zeigte, und deutete mit der anderen Hand auf einige russische Panzer, die in die Fliehenden hineinfeuerten und sich bedrohlich der Brücke näherten.

Ich selbst rannte, sobald ich die Lunte hatte brennen sehen, in mein Büro und ließ mich eiligst mit dem Oberbaueinsatzstab Südost verbinden. Aber bevor das von mir angemeldete Gespräch durchgegangen war, klingelte es bei mir, ich nahm den Hörer ab und hörte die Stimme des Chefs: Brückenbau sofort einstellen. Und da er einhängen wollte, rief ich halt und meldete vorschriftsgemäß: Brückenbau, wie befohlen, auf die Minute vollendet. Aber er hörte nichts mehr . . . und auch ich wurde nun fast betäubt von dem wilden Krach, mit dem die Brücke nun in die Luft flog. Dann begab ich mich zu meinem Wagen und befahl auch den anderen, sich in Marsch zu setzen. Aber niemand kann von mir erfahren, wie die Brücke von Berkowo nach der Sprengung ausgesehen hat, denn ich habe mich nicht umgeblickt, obwohl die Geschosse der russischen Panzer schon in die Häuser von Berkowo einschlugen. Und doch manchmal glaube ich, sie zu sehen, die erschöpft Fliehenden, die bis zuletzt Widerstand geleistet hatten, gleichsam uns schützend, wie der Gehorsam es befahl, und obwohl ich sie nicht wirklich gesehen habe, sehe ich sie, fluchend und auf ihren Gesichtern die Angst vor Tod oder Gefangenschaft und auch den Haß gegen uns, die wir doch nichts getan haben, als was die Pflicht uns gebot.

Die Toten parieren nicht mehr

Der Leutnant sagte, wir sollten uns hinlegen, und wir legten uns hin. Es war an einem Waldrand, und die Sonne schien, es war Frühling, alles war still, und wir wußten, daß der Krieg jetzt bald zu Ende war. Die noch Tabak hatten, fingen an zu rauchen, und wir anderen versuchten zu schlafen, denn wir waren müde, hatten seit drei Tagen nicht viel gegessen und viele Gegenstöße gemacht. Es war so wunderbar still, und irgendwo sangen auch Vögel, und die ganze Luft war voll einer sanften feuchten Zärtlichkeit. . .

Plötzlich fing der Leutnant an zu brüllen. Er schrie: »He!« Dann wurde er wütend und rief: »He, Sie da!« Und dann wurde er ganz rasend, und seine Stimme überschlug sich: »Eh, Sie, eh, Sie, Sie!«

Und dann sahen wir, wen er meinte. Drüben an der anderen Seite des Waldweges saß jemand und schlief. Es war ein ganz simpler grauer Soldat, der, an einen Baum gelehnt, schlief; und dieser Soldat lächelte ganz süß mit seinem Sommersprossengesicht, und wir dachten, der Leutnant würde verrückt. Und wir dachten auch, der Schlafende würde verrückt, denn der Leutnant schrie immer mehr und der Schlafende lächelte immer mehr. . .

Die angefangen hatten zu rauchen, hörten jetzt auf zu rauchen, und die, die hatten schlafen wollen, waren jetzt sehr wach, und manche von uns lächelten auch. Es war

Frühling, mild und süß, und wir wußten, daß der Krieg jetzt bald zu Ende war.

Plötzlich schrie der Leutnant nicht mehr, er sprang auf, setzte mit zwei Schritten über den Waldweg und schlug dem Schlafenden ins Gesicht.

Aber jetzt sahen wir, daß der Schlafende tot war. Ohne ein Wort zu sagen, fiel er um, und er lächelte nicht mehr: in seinem Gesicht war ein furchtbares Grinsen, und der Leutnant, der blaß zurück kam, tat uns gar nicht leid, denn wir hatten keine Freude mehr an der Sonne, keine Lust mehr an dieser sanften, feuchten, zärtlichen Frühlingsluft, und es schien uns gleichgültig, ob der Krieg nun zu Ende ging oder nicht. Wir spürten plötzlich, daß wir alle tot waren, auch der Leutnant, denn er grinste jetzt und hatte gar keine Uniform mehr an. . .

Verlorenes Paradies

In diesem zerzausten Gebüsch waren die alten Wege kaum noch zu finden, teilweise gar nicht mehr zu erkennen, der lückenhaft gewordene Zaun hatte allen Zutritt gegeben, das übergewachsene Gebüsch war niedergetreten worden, verwelkt, verfault, neues war gewachsen, bis schließlich eine Art filzigen Dschungels die ungepflegten Wege unpassierbar gemacht hatte, rücksichtslos hatte man neue getreten, die nicht mehr einem Plan folgten, sondern lediglich der Bequemlichkeit dienten, und so führten verschiedene Wege aus den Himmelsrichtungen aufs Haus zu. Selbst der alte Hauptweg, der im Halbbogen den Park umschlungen hatte, war kaum noch gangbar. Die Grasnarben hatten von seinem Rand aus sich zur Mitte hin ausgebreitet, hatten sich vereinigt, und in dem lockeren neuen Rasen hatten Holunder und Buchsbaum, auch Fliederbüsche lustig ihre Schößlinge gedeihen lassen, die morsch gewordenen Bänke waren von Laubwerk bedeckt, der Springbrunnen an der höchsten Biegung des Weges war vermoost, mit Dreck und Blechbüchsen zugepackt, und trotz des feuchten Frühlingswetters war kaum eine Spur von Feuchtigkeit in ihm zu entdecken, die stählerne Wasserquelle war durch einen wohlgezielten Steinwurf umgebogen, und ich entdeckte die Spuren spielender Kinder, die den Modder durchwühlt und irgendwo ein Loch gegraben hatten, in dessen Grund eine dicke grünliche Flüssigkeit sichtbar geworden war. Nun sah ich auch, daß der große kiesbestreute Platz umgegraben war und bebaut war und daß man im Springbrunnen die Steine und den zusammengefegten Kies abgelagert hatte. Elend zusammengeflickte Zäune umgaben ein paar armselige Kohlköpfe, die den Winter über Zeit genug gehabt hatten, zu faulen, Wasserrohre, an denen verwelkte Bohnenranken hängengeblieben waren, und ein paar unvermeidliche Wasserfässer aus Blech, deren Flüssigkeit mir grünlich entgegenstank, ähnlich jener, die auf dem Grund des Springbrunnens verborgen sein mußte...

Aber endlich entdeckte ich auch einen Menschen. Hinter einer Art Verschlag, in dem wohl Gartengeräte abgelagert sein mußten, saß ein alter Mann auf einer Kiste, den Spaten zwischen die Knie gestützt und die Pfeife im Mund. Aber so sehr dieser sanfte und verschleierte Nachmittag meiner Heimkehr mich nach Menschen hatte verlangen lassen, so schreckte ich nun doch zurück, als ich wirklich einen sah, ich trat ein paar Schritte zurück, so daß der Verschlag mich ihm wieder verbarg und ihn mir, und blickte jetzt erst um mich.

Von hier aus war die alte Form des Parkes gut zu erkennen. Der schöne große Halbkreis, der mit weißem Kies bestreut gewesen war, nun von elenden Zäunen durchschnitten, schmalen gestanzten Blechplatten, die sich von Rost gebogen hatten und zusammenzubrechen schienen, Gasrohren, Buchenästen, dieser Platz hatte dennoch die sanfte, springende Schönheit der Vollendung behalten, wenn auch sein ehemals glatter und gepflegter Rand, das Gebüsch, zerzaust war, beschnitten, verbrannt und zertreten. Die Archäologen sagen, daß nichts so unzerstörbar und nach Jahrtausenden so leicht zu entdecken ist wie ein Loch, etwas, was in die Erde gegraben ist, so war auch dieser liebevoll angelegte Park in seiner Form noch völlig vorhanden. Oben in der höchsten Biegung des klaren Halbkreises lag rund, nur beschmutzt, der kleine vollendete Kreis des Springbrunnens, auf den vom Tor aus der Hauptweg in gerader Linie zulief. Auch in der bärtigen, grünlichen, krüngeligen Verhunztheit des Gebüschs waren die kleinen Wege, die man von nahem kaum hätte entdecken können, nun gut zu erkennen, in dem grünenden, gewölbten Rücken des Gebüschs waren sie unzerstörbar enthalten wie sanfte Striemen, und vom Hauptweg aus links und rechts klar und einfach noch jene beiden, die die Form von Notenschlüsseln hatten. Nun endlich aber wagte ich einen Blick auf das Haus. Ich sah es deutlich durch die lückenhafte Pappelreihe hindurch, deren Grün dicht und frisch war, leuchtend und jung. Auch zählte ich die Bäume, von zwölfen waren sieben stehen geblieben, während die beiden flankierenden Trauerweiden unzerstört waren. Die Fassade des Hauses hatte sich kaum geändert, grau und ein wenig ungepflegt, wie es beabsichtigt gewesen war. Nur waren teilweise große Stücke Putz heruntergefallen und an manchen Stellen große, weißlichgraue Wasserflecken wie auf dem Einband eines alten Buches, das im Wasser gelegen hat, nur wenige der Fenster waren heil und mit Glas versehen, die meisten mit Pappe verklebt oder mit Holz zugenagelt, andere waren teilweise zugemauert und in der Mitte mit kleineren Fenstern versehen, die zu klein für die großzügigen Rahmen gewesen waren.

In diesen Augenblicken war ich nur Auge. Der Erinnerungen waren zu viele, die Gefühle zu mächtig, als daß ich sie hätte aufkommen lassen können, und wenn auch mich mit diesem Park, diesem Hause alles verband, was man Vergangenheit, Erinnerung, Jugend, Leben nennen mag, ich konnte nun nicht anders dort stehen als ein Besichtiger, der irgendwo in einem Villenvorort, von Neugierde überwältigt, durch den fehlerhaften Zaun, am rettungslos zugerosteten Portal vorbei in den Garten tritt, um die Spuren der Verwüstung zu betrachten.

Schmerzvoll erkennt man diese Veränderungen des Inneren, die an der Schwelle deines Lebensalters geschehen. Voll unsagbarer Trauer verläßt man die Spielzeuge und Spielplätze der Kindheit, um sich hineinzustürzen voll Angst, Trauer und Lust in dieses Getümmel, das die Erwachsenen immer Leben genannt haben, trauriger noch verläßt man das Haus der Jugend, die Stätte der Träume, wohl ahnend, daß unsere Erinnerungen nur Erinnerungen an Träume sind, schon schmeckt man an dieser Stelle den unsäglichen Schmerz desjenigen, der man sein wird, wenn man nicht mehr Mann, sondern Greis sein wird, und erst jenen einzig sicheren Augenblick, wo man die Schwelle des Todes überschreiten wird, um in ein anderes Leben zu gehen.

Das Dach des Hauses trug nur zum Teil noch die alten dunkelgrauen Pfannen, es mußte sehr schadhaft gewesen sein, denn nun waren große Stellen mit Dachpappe, Blech, zum Teil buntbeschrifteten Reklameschildern benagelt, und selbst aus dem winzigen Dachfensterchen sah ich ein Wäschereck, an dem graue und traurige Windeln müde im schlappen Winde flatterten. Links an der Ecke des Hauses hing ein Stück der Dachrinne herunter, genauso wie es vor sieben Jahren gehangen hatte, als ich an eben dieser Stelle gestanden und Abschied genommen hatte. Damals hatte ich gedacht: Sie müssen es reparieren lassen, ich hatte nicht gedacht, nun muß ich weg und weiß nicht, ob ich wiederkomme. Ich hatte gedacht, sie müssen es reparieren lassen. Aber sie hatten es nicht repariert, es hing immer noch, losgelöst war eine der Klammern, die es am Rande des Daches befestigt gehalten hatte, und es hing da schief und scheinbar jeden Augenblick stürzend, und an der grauen Hauswand sah man deutlich die Spuren des Wassers, das nach jedem Regen schräg und rauschend an der Hauswand hinunter und in sie hinein geflossen war, eine weiße, dunkelgrau umrandete Bahn, die an den Fenstern vorbei nach unten führte, links und rechts von ihr große weiße Flecken, die kreisrund waren und nach außen hin dunkler und grauer wurden.

Sieben Jahre hatte dieses Stück Dachrinne dort gehangen, sieben Jahre, oh, ich war weit weg gewesen, ich hatte oft den Tod gesehen, gerochen, gespürt, ich hatte üppig gelebt, hatte gehungert, bis an jene Grenze gehungert, wo man anfängt, von duftendem weißem Brot zu träumen, und sich auszumalen beginnt, daß man darin wühlen wird, wühlen, daß man verteilen wird, Brot auswerfen in die ganze hungernde Welt, ich hatte gehungert bis an jene Grenze, wo man den Hunger nicht mehr spürt, sondern schon eingelullt ist von süßen Träumen, die einem das wirkliche Essen – wenn es wieder anfängt – als etwas unsäglich Widerliches erscheinen lassen. Sie hatten auf mich geschossen, viele Tausende Male auf mich geschossen, mit Gewehren, Werfern, Kanonen, Schiffsgeschützen, Flugzeugen und Bomben und Handgranaten, sie hatten mich getroffen, und ich hatte mein eigenes Blut, vom Kopfe fließend, süß und fett, klebrig und schnell erstarrend, auf meinen Lippen gespürt, ich war über staubige Straßen durch ganz Europa marschiert, hatte meine Füße nicht mehr gespürt, war in dunklen Vorstädten hinter weißen Frauenhälsen hergelaufen, ohne jemals, jemals einen einzigen davon zu besitzen, oh, diese weißen Hälse in dämmerigen Gassen. . . Vieles, vieles war mit mir geschehen in dieser Zeit, und es war schrecklich, nur daran zu denken, daß diese schadhafte Dachtraufe immer hier gehangen, sieben Jahre lang den Regen schräg und gegen die Fassade des Hauses gelenkt hatte. Dieses Stück Zinkblech hatte an einem Rest seines Haltes sieben Jahre dort gehangen, die Dachpfannen waren weggeflogen, Bäume waren umgelegt worden, der Putz war heruntergebröckelt, und ringsum in die offenen süßen Flanken der Stadt, in die gebüschumwobene Vorstadt waren die Bomben gefallen, aber niemals war dieses winzige Stück Blech getroffen oder vom Luftdruck dazu veranlaßt worden, seine schiefe Lage dranzugeben und herunterzufallen. Viel Regen hatte es geregnet in diesen sieben Jahren, aber der Regen war gegen die Fassade des Hauses geplätschert, von dem sandsteinigen, saugenden Gemäuer aufgesogen, und hatte sich weißlich und grau wieder nach außen geschlagen...

Dort, wo die Lücken in der Pappelreihe mich näher das Haus sehen ließen, sah ich Wäsche an windigen Gestellen heraushängen, verwaschene Männerhemden, zerfranste Frauenwäsche, Pullover, rot und grün, Kleider und irgendwo eine nasse schwere Decke, die das Gestell wie eine bleierne Bürde nach unten zu ziehen schien. Nichts Vertrautes mehr, und ich war froh, ich hatte immer das Haus gehaßt und nur seine Bewohner geliebt, und obwohl die alten Formen durchschlugen überall in Park und Haus, wie ein Wasserzeichen der Ewigkeit, am meisten fühlte ich mich tief getroffen durch dieses windige Stück Zinkblech oben am First, das schräg über dem von Löchern besäten Fries dachtragender Putten hing...

Einige Zeit schon hatte ich bemerkt, gleichsam am Rande meines Blickes wie einen Schatten, den Mann, der dort auf der Bank gesessen hatte. Er mußte aufgestanden, um die Ecke des Verschlages herumgegangen sein, und ich entsann mich jetzt, als ich seiner bewußt wurde, daß er schon einige Zeit – ob Minuten, Sekunden oder Stunden, vermag ich nicht zu sagen – am Rand meines bewußten Blickes wie ein sanfter Schatten gestanden haben mußte – fast nur wie eine kleine graue Fluse, die man im Auge hat und die wegzuwischen man zu sehr mit Schauen beschäftigt ist. Ich wandte mich noch einmal um, noch einmal umfing ich den Park mit einem Blick, besonders das Gebüsch, tief innen mich schmerzlich erinnernd jener beiden steinernen Bänke, die im dicken Punkt der Notenschlüsselwege verborgen waren, dann wandte ich mich diesem mahnenden und demütig wartenden Schatten meines Blickfeldes zu und trat ein paar Schritte vor. . .

Bisher war ich achtlos quer durch diese Schrebergärten gegangen, da, wo sich gerade eine Zaunlücke bot, zumal auch nirgendwo schon die Anzeichen des Säens oder Bebauens zu bemerken gewesen waren. Nun trat ich von einem winzig kleinen Maisstoppelfeld aus auf einen schmalen Weg und machte die wenigen Schritte zum Verschlag hin.

Es war, als habe ich mit diesen drei Schritten eine akustische Grenze überschritten. Sobald ich neben dem Manne stand, der mir freundlich zunickte und meinem 'n Abend mit dem gleichen Wort antwortete, hörte ich die Geräusche spielender Kinder, das Rufen von Frauen, Männer pfeifen und alle jene unbeschreiblichen Geräusche des Feierabends, die in der Nähe eines stark bewohnten Hauses an einem Frühlingsfeierabend zu hören sind. Radioapparate trällerten unbekümmert in die Luft, und im großen Hauseingang, der nun frei vor meinen Blicken lag, sah ich zwei größere Mädchen, die an den großen Sandsteinpfeilern des Eingangs mit roten Bällen spielten. . . Jetzt erst sah ich auch, daß in der linken Flanke des Hauses ein schwerer Granateinschlag niedergegangen sein mußte und daß die Stelle mit häßlichen schwärzlichen Ziegelsteinen zugemauert war. Zwischen den Pappelstämmen spielten kleine Kinder in einem Sandhaufen, andere schlugen sich, im Kreise gehend, mit Stöcken und lachten kreischend, und ein Mann hatte ein Fahrrad auf den Kopf gestellt und hantierte mit aufgekrempelten Ärmeln dran herum. . .

Der Alte neben mir hatte sich gesetzt auf ein Brett, das flüchtig auf zwei Holzpflöcke genagelt war, und ich setzte mich neben ihn. Er war klein, mager, und obwohl er eine abgeschabte Schiffermütze trug, sah ich an den kahlen Schläfen und völlig haarlosen sichtbaren Partien seines Schädels, daß er kahl sein mußte. Sein schmales Gesicht war schön leicht gebräunt von der Sonne, und seine sehr kleinen, farblos erscheinenden Augen sahen mich gutmütig prüfend an. Kaum daß ich eine halbe Sekunde neben ihm gesessen hatte, mußte er gespürt haben, daß ich schnuppernd den Geruch seines Tabaks einsog, er fing, ohne ein Wort zu sagen, an, umständlich in seinen Taschen zu suchen, während ich schon nach meiner Pfeife tastete. . .

»Blättchen habe ich nicht«, sagte er und hielt mir eine Nickeldose hin. . .

»Danke«, sagte ich, nahm die Dose, öffnete sie schnell und stopfte meine Pfeife.

»Auch Feuer«, fragte er.

Ich nickte.

»Danke«, sagte ich wieder und gab ihm die Dose zurück.

»Sie kommen aus. . .«

»Frankreich«, sagte ich.

»Ich wollte es gerade sagen, man sieht es, alle haben ihre besonderen Kennzeichen. Schlimm?«

Ich nickte.

»Ja, ja.«

Es war schön, mit jemand zusammen die Pfeife zu rauchen, jene gemeinsamen Lippenbewegungen zu machen, dieses halbe Schmatzen und das leise, kaum hörbare Puffen, mit dem man gemeinsam die blauen Wölkchen auspufft, die grau aus der Lunge kommen. . .

Ich sah jetzt nicht mehr viel. Ich wußte plötzlich, daß der Alte mich fragen würde, was sie alle fragen, und ich wußte, daß ich würde ne, ne sagen müssen. Ich hatte Angst, als er den Mund öffnete, aber er sagte nur: »Suchen Sie hier jemand?«

»Ja«, sagte ich leise.

»Wen?«

»Familie . . . Fräulein Maria X.«

»Oh«, rief er, und ich spürte, während er so nah neben mir saß, daß ich den Geruch seiner Kleider nie vergessen würde, spürte ich, daß er in Wirklichkeit weit von mir wegrückte. »Das Fräulein!«

Er mußte spüren, daß mein Herz nun ganz plötzlich sehr heftig und schnell unregelmäßig zu schlagen angefangen hatte, vielleicht sah er auch die Schweißtropfen, die auf meiner Stirn sich bildeten, und gewiß muß es ihn befremdet haben, daß ich plötzlich die Pfeife aus dem Mund nahm und ihren Kopf seufzend in meiner Hand festhielt . . . denn er kam mir nun wieder näher und sagte leise, aber kälter als alles, was er gesagt hatte: »Keine Angst, sie ist da. . .«

»Danke«, sagte ich und steckte die Pfeife in den Mund, und ich wußte jetzt, daß ich Zeit haben würde, unendlich viel Zeit, und ich erschrak selbst von dem großen und sehr tiefen Atemzug, der aus mir herauskam, ohne daß ich es gewußt oder gewollt hätte.

Ich spürte jetzt, daß der Alte sehr eingehend die Fetzen meiner altgewordenen Uniform musterte, und ich spürte, daß er noch ein wenig näher kam, und ich schloß die Augen, weil ich wußte, daß er mich jetzt fragen würde.

»Vielleicht«, sagte er, »kennen Sie ihn. . .«

Ich sagte nichts. . .

»Er war Unteroffizier. Grittner. Hubert. Mein Sohn. Auch im Westen. Vielleicht kennen Sie ihn. . .«

»Wo?« fragte ich heiser.

»Falaise«, sagte er, und ich spürte, daß er lauerte. . .

»War auch in Falaise«, sagte ich und blickte ihn jetzt an. Er hatte die Pfeife auch aus dem Mund genommen, ihren heißen Kopf mit der Rechten umschlossen, und auf seinen zusammengekniffenen Lippen und den noch kleiner gewordenen Augen stand schon die Gewißheit, daß er auch von mir nichts erfahren würde. »Nein«, sagte ich seufzend und schüttelte den Kopf. Dann nahm ich die Pfeife wieder in den Mund und blickte aufs Haus.

»Komisch«, sagte er, »so viele kamen schon dorther, und keiner kannte ihn. . .« Ich wollte etwas sagen, aber er hob die Pfeife und schnitt mir das Wort ab. »Oh, ich weiß«, sagte er. »So ein Name sagt nichts. Verdun war auch einer, und man wußte oft nicht, wer fünfzig Zentimeter von einem entfernt lag, ich weiß das und alles. . .«

Er unterbrach sich selbst, hob den Kopf, denn vom Hause aus rief nun eine junge und muntere Stimme: »Vatter.«

»Ja«, rief er leise, »ich komme«, und er nahm den Pfeifenstiel an den Mützenrand, grüßte mich und ging. Ich rief ihn zurück, ich fragte: »Wo wohnt sie. . .«

Und er verstand mich gleich und zeigte mit der Pfeife auf das Zimmer, gleich neben der herunterhängenden Traufe.

»Danke«, sagte ich und blickte ihm nach, wie er aufs Haus zuging. Er ging, wie er wohl immer ging, sehr langsam und ruhig, etwas gebückt, und an dem steinernen Löwen, der mitten in der Pappelreihe stand, klopfte er seine Pfeife aus, drehte sich um und nickte mir noch einmal zu, und ich wußte plötzlich in den wenigen Sekunden, die er noch brauchte, um in den dunklen Eingang einzutreten und zu verschwinden, in diesen wenigen Sekunden wußte ich, daß wir *alle an allem* schuld sind. Es berührt uns nichts, und wir sagen nein, wenn jemand uns nach jemand fragt. Wir müssen immer nein sagen, und wir sagen es, ohne daß uns das Herz bricht, und in Wirklichkeit sagen wir: bin ich der Hüter meines Bruders. . .

Ich wußte, daß sie nicht da war, aber ich stand nun sehr plötzlich auf und ging hinter dem Alten her ins Haus. Ich blickte mich nicht lange um, aber ich spürte und roch, sah auch im Vorbeigehen, daß das Haus aussah, wie ein Haus aussieht, wenn drei Wochen eine Kompanie Soldaten drin gewohnt hat. Das Treppengeländer war fast ganz heil geblieben, nur hier und da fehlte eine Latte, und im oberen Stock war es dunkel, ich sah gleich, daß die Seitenfenster mit Brettern verschalt waren, das Licht stand in silbergrauen steifen Streifen zwischen den Bretterrändern, und es sah aus im Flur, als ob draußen ein regnerischer, kalter grauer Wintertag wäre, mit bleiernem Himmel am Abend vor einer sternlosen, traurigen Nacht...

Und obwohl ich wußte, daß sie nicht da war, ging ich nun sehr schnell bis ans Ende des Flures, klopfte, wartete, klopfte und rüttelte an der Klinke. Natürlich rührte sich nichts, und ich spürte auch nichts und fragte mich die ganze Zeit über, die halbe Minute, die ich dort stand, wieso ich nichts spürte. Daß sie gerade dieses Zimmer behalten hatte, sagte alles, sagte viel. Aber ich spürte nichts. Endlich entdeckte ich einen Zettel, der an die Tür geheftet war, ich riß ihn ab und las ihn im Schein der Lichtstreifen, die zwischen den muffig riechenden alten Brettern hindurch in den Flur fielen...

Das war ihre Schrift. Bin um sieben wieder zurück, Schlüssel nebenan. M. Ich steckte den Zettel in die Tasche und klopfte an die Tür nebenan. Bevor ich angeklopft hatte, war nichts zu hören gewesen, aber jetzt spürte ich eine schwüle Stille, die mir das Herz bedrückte, als hätte jemand Luft in mich hinein gepumpt und diese Luft stiege immer näher an mein Herz. Ich klopfte noch einmal, dann hörte ich Flüstern, jemand stand aus einem Bett auf, ein Schlüssel wurde herumgedreht, und ich sah in der matten Dämmerung einen sehr hübschen blonden Frauenkopf, dem die Haare wirr im Gesicht hingen, und obwohl ich nur einen ganz kleinen Streifen von ihrem Hals sah, wußte ich, daß sie nackt war. Ich konnte es auch riechen.

»Fräulein X«, sagte ich, »bitte den Schlüssel von Fräulein X...«

»Oh«, rief sie jetzt, »Sie sind der, der über dem Bett hängt. . .«

»Ja«, sagte ich, ». . . wahrscheinlich. . .«

Sie machte die Tür schnell zu, ich hörte wieder Flüstern, und dann reckte mir ein nackter, runder, sehr hübscher Arm einen Schlüssel hinaus.

Ich ging wieder zurück, und ich wußte jetzt, bei diesen drei Schritten bis zur nächsten Tür, in dem muffigen Flur, der wohl immer nach Winter aussah, wußte ich, daß es keinen Zweck mehr hatte, die Erinnerungen zurückzuhalten, wo ich jetzt ins Zimmer kommen würde. Ich steckte den Schlüssel ins Schloß, hielt aber dann inne und krampfte den Zettel in meiner Tasche fest zusammen, so daß ich ihn wie einen kleinen, harten, winzigen Papierball zwischen meinen Fingern spürte. . .

Damals hatte ich geglaubt, nur ihren Scheitel zu sehen. Er war unter mir, senkrecht und sauber, weiß und steil wie eine sehr schmale, schöne helle Straße zwischen den sanften, leise ansteigenden und wieder absteigenden Wellen ihres hellbraunen Haares. Meine Augen fielen diesen Scheitel hinab und fanden sich nirgendwo mehr wieder. Diese schmale Straße hatte kein Ende, und ich spürte, mein Herz war traurig, oh, dieser Scheitel.

An der rechten Brustseite spürte er ihr Herz schlagen, sehr regelmäßig und leise, und wußte, daß es ein gutes Herz war, voll soviel Liebe zu ihm, daß er nirgendwo eine größere würde finden können. Er wußte damals alles, daß er ihr so nahe war, daß er niemals und nimmer näher ihr würde sein können. Das Fenster hatte halb offen gestanden, und der Geruch des Parkes kam ins Zimmer, süß und schwer, voll bezaubernder Fäulnis. Die grünliche Gardine siebte das Licht ins Zimmer und färbte alle ihre Kleider, die auf dem Boden lagen, grünlich. Teppich und Kommode, und der Stuhl, auf dem seine Koppel lag, alles war grünlich und dämmerig, zärtlich und schön, und sogar das billigsilberne Koppelschloß hatte einen grünen Hauch, und er las deutlich die erhabene Schrift »Gott mit uns« um das Hoheitsabzeichen und den Lorbeerkranz herum. Beim Anblick ihrer Wäsche, des braunen Rockes und des roten Pullovers erfüllte ihn eine unendliche Zärtlichkeit, die ihn plötzlich verstehen machte, daß die Männer den Frauen versprechen, die Sterne vom Himmel holen zu wollen. Seine Feldbluse lag da offen ausgebreitet, so daß er nur das Futter sehen konnte und einen Teil der Schulterklappen, die weiß umrandet waren, und er hatte gesehen, daß die Kragenbinde schmutzig war, aber immer wieder mußte sein irrender, glücklich irrender Blick auf die unerbittlich klare und saubere Straße ihres Scheitels zurück, der unter ihm lag, und er wußte, daß diese Straße kein Ende hatte, und er wußte, daß er niemals einem Menschen näher kommen könnte als ihr und daß sie dennoch so unendlich ferne von ihm weg war, wie die Straße ihres Scheitels lang war.

An seinem Kinn spürte er ihre warme Nase, und ihr Atem berührte seinen Hals, und er spürte, daß sie sich niemals, niemals mehr rühren würde, wenn er sich nicht rühren würde.

Immer noch hielt er den Kopf des Schlüssels, der schon im Schloß steckte, in der Hand, und er spürte das jetzt winzig zusammengeknüllte Stück Papier von ihrem Zettel in seiner Hand, und er nagte an der Unterlippe und hörte zugleich, daß jetzt im Nebenzimmer diese Frauenstimme, die gesagt hatte: »Oh, Sie sind der, der über dem Bett hängt«, angefangen hatte zu trällern, und er hörte an ihrer Stimme, daß sie eine Pause im Trällern machte, wenn sie einen tiefen Lungenzug nahm, und auch eine Männerstimme war jetzt zu hören.

Auch er hatte damals den Wunsch verspürt, sich nie mehr zu regen, immer wieder mit seinen Augen in diesen Schlund dieser Straße hineinzufallen, manchmal die Kleider zu streifen, die grün, wie abgestreifte Häute fremder Wesen, am Boden lagen, ihr Herz schlagen zu hören an seiner rechten Brustseite, sehr leise und regelmäßig, ein gutes Herz, ein glückliches Herz, ein Herz, wie er es besser nie würde finden können, und ihre warme Nase an seinem Kinn und der sanfte Atem, der regelmäßig seinen Hals streifte wie der Atem eines Kindes.

Manchmal hatte er den Kopf ausruhend auf ihre Stirn gelegt, dann war an den dunklen Wänden das große, schwere, schöne Gemälde zu sehen, das von Rubens sein sollte, das schimmernde, helle rosige Fleisch einer Frau sah auf den dunkelgrünen Wänden zu lebendig aus, aber diese Frau hatte silbergraue Haare, die nun auch grün schienen, und ihr gütiges kleines Lächeln ging über ihn und sie hinweg, sehr weit. Und wenn er die Augen senkrecht hochnahm in diesen Ruhepausen auf ihrer Stirn, sah er die Wipfel der Pappeln silbergrau und sehr nah, glaubte ihren kühlen, herben Geruch zu spüren, und zwischen den Lücken hindurch sah er weit, sehr weit den Rand der Stadt, rote Dächer, buntes Laub auf den Bäumen, die blassen Türme der neuen, die schwarzen der alten Kirchen, und es war ihm eingefallen, daß Herbst war und Krieg. . .

Er hatte alles gesehen und nichts. Die Muster auf dem Teppich, ewig sich erneuernde Mäander in allen Farben, die sich kreuzten, überschnitten, wieder überschnitten, kreuzten, und in den Schnittpunkten große bunte Blumen, die winzigen schadhaften Stellen an dem hellbraunen Toilettentisch und ein kleines, reizendes helles Loch in ihrem Strumpf, der mitten im Zimmer lag, ein grünes winziges Loch, während er alles sah, sah er nichts als diese heillose Weite am Ende ihres Scheitels, die unerreichbar war.

Es war so still gewesen, daß man unmöglich daran glauben konnte, es sei Krieg. . . Diese Flure in seinem Rücken hinter der weißlichgelben Tür waren voll jener wohlwollenden, wunderbaren Freundlichkeit, wie sie auf dem Gesicht jener Rubensfrau zu sehen war, die sie beide dort liegen sah und doch über sie hinwegblickte, draußen vor dem halboffenen Fenster im Park staute sich gleichsam die schwellende, große, schöne Üppigkeit herbstlicher Gerüche, eine schwebende, prachtvolle, volle Stille hüllte dieses Zimmer ein, das niemals mehr jemand betreten würde, niemals auch jemand verlassen, wenn sie nicht wollten. . .

Aber er wußte, daß nicht nur Herbst war, sondern auch Krieg. . . Vom ersten Augenblick an, da sein Blick nach dem Nüchternwerden diese wunderschöne helle, schmale Straße ihres Scheitels hinabgefallen war, wußte er, daß er würde aufstehen, weggehen und wiederkommen müssen, und er wußte, daß er damals am meisten davor Angst gehabt hatte, wiederzukommen. Er wußte, daß diese schmutzige Kragenbinde bald wieder seinen Hals berühren würde und daß er mit unbewegtem Gesicht sich würde anschnauzen lassen, und einen Augenblick lang hatte es ihm geschienen, als sehe er ferne den Rand der Stadt, kahlrasiert, turmlos und flach wie die magere Silhouette eines kirchlosen Dorfes...

Plötzlich hatte er die sanfte Berührung ihrer Wimpern an der Wange gespürt, hatte gewußt, daß sie die Augen aufschlug, und ihm fiel ein, daß er nackt war. Dann hatte er ihr Haar ganz nah gesehen, ihren Scheitel kurz und an seinem Ende das Weiß des Kopfkissens, er kehrte wie aus einer Bewußtlosigkeit zurück, alles rückte näher, wie durch ein Fernglas, in dem man die Dinge heranschraubt, er roch den Garten, voll und in schweren Wolken, roch ihre Haut und hörte das sanfte Geplauder von Stimmen unten auf der Terrasse, hörte die Gläser klirren und das volle barocke Lachen einer Frau, und es war ihm eingefallen, daß alle die, die unten saßen, es wußten und daß niemand etwas sagen würde.

Alles, was er wenige Minuten später tat, sah er ganz genau. Wie er sich anzog, sie auf die Stirn küßte und leise hinausging und aus dem Hintereingang verschwand, um nie mehr wiederzukehren.

Und in dieser Sekunde, da ihm einfiel, daß er nackt war, sah er sie am anderen Morgen aufstehen und unten erscheinen, ohne daß jemand fragen würde, bis man eines Tages lächelnd die Fülle von Briefen erwähnen würde, die die Briefträgerin zu bringen hatte, und später hatte er sie viele, viele tausend Male gesehen, wie sie mit den Briefen hier hinaufrannte, die Tür aufriß, sich mit dem Rücken schnell dagegenlehnte und zitternd den Rand zerfetzte.

Und er, als er den Hintereingang passierte, dieses rostige, knirschende, kleine eiserne Tor, hatte gewußt, daß er niemals Angst vor dem Tode, immer aber vor dem Leben haben würde...

Er ließ den zerknüllten Zettel los, und er spürte, daß seine Hände feucht waren von Schweiß, dann drehte er schnell den Schlüssel um und stieß die Tür auf.

Er ging schnell über den Teppich, hastig am Bett vorbei, das immer noch rechts neben dem Fenster stand, und ließ den Blick zum offenen Fenster hinaus in den Park fallen: Das Licht fiel nur durch die engen Schlitze der zugezogenen Läden in den Raum, und dieses Licht war, als sei der Raum in verschiedene, nahe beieinanderliegende Ebenen zerschnitten. Er schien von Lichtscheiben angefüllt zu sein, die durch winzige Schattenschichten voneinander getrennt zu sein schienen. Alles, was er sehen konnte, war gestreift, hell-schwarz, und es konnte kein Zweifel sein, daß alles wirklich war. Auch das Bild hing noch an der Wand, immer noch zu hell und lebendig für diese dunkelgrüne Tapete, quergestreift auch dieses Gesicht, die Kommode, das Bett, und er sah flüchtig eine große Vitrine, die vollgestopft schien mit Krempel, und zwischen Bett und Tür noch einen Schreibtisch. Unterhalb der Fensterbank war alles dunkel, nur sehr schwach beleuchtet vom Widerschein jener Licht- und Schattenstreifen, und er ahnte von einem brandigen Geruch, daß da auch, unterhalb dieser Ebene, ein Herd stehen mußte... Aber das alles spürte er nur flüchtig. Er hatte erst schnell das Zimmer durchqueren, das Fenster aufreißen und das Zimmer in Besitz nehmen wollen, aber spürte etwas Seltsames nach diesem ersten Schritt, etwas nicht Gegenständliches, Wesenloses, Unaussprechliches, das ihn daran erinnerte, daß dieser Raum nicht sein eigen war. Und daß er sie ebensowenig würde in Besitz nehmen können wie dieses Zimmer. Etwas Fremdes, Unbekanntes, das ihn im gleichen Augenblick mit einer Art von Eifersucht erfüllte, die er nie gekannt hatte. In dieser Sekunde, da dieses Schattenhafte, Nichtige, aber so unsagbar Wirkliche ihn berührte, schnitt ihm der wilde und rasende Schmerz der Eifersucht tief ins Herz, und er begriff, daß nicht darum zu tun sein werde, Angst davor zu haben, sie wieder zu besitzen, sondern er wußte, daß er um ihren Besitz würde kämpfen müssen...

Einen Schritt von der Schwelle entfernt blieb er einen Augenblick stehen und überlegte, ob er Licht machen und nach irgendwelchen Spuren suchen sollte, gegenständlichen Dingen, die ihm dieses Fremde und Schreckliche möglicherweise würden erklärlich erscheinen lassen, aber er hatte gleich gewußt, daß es nichts Greifbares, Sichtbares oder an greifbare und sichtbare Dinge Gebundenes sein würde, und außerdem begriff er, daß er kein Recht hatte, selbst wenn solches da gewesen wäre, danach zu suchen...

Er trat langsam zurück, schloß die Tür wieder.

Nebenan im Zimmer war jetzt das Zwiegespräch zwischen der Männer- und Frauenzimmerstimme lauter und deutlicher, manches Wort verstand er sogar, aber sie fielen an ihm herab wie Geschosse, die ihn nicht erreichen konnten.

Irgendwo weiter hinten wurde eine Tür aufgerissen und wieder zugemacht, und für einen Augenblick lang war ein Teil des dumpfen Flures mit einem grauen Licht erfüllt, andere Türen öffneten sich, wurden geschlossen, Tritte entfernten sich die hölzernen Stufen herunter, und er roch jetzt deutlich den Geruch von Fischen und geschnittenen Zwiebeln. Er hatte sich gegen den Türrahmen gelehnt, und er begriff jetzt, was das heißt: fünfundzwanzig Jahre lang hatte ihr Herz geschlagen, aber nur eine halbe Minute lang hatte er den Schlag ihres Herzens gespürt, fünfundzwanzig Jahre lang hatte ihr Gehirn gedacht, Millionen und abermals Millionen von Gedanken, und nur einen Bruchteil davon kannte er. Er hatte geglaubt, sie zu besitzen, unwiderruflich sie zu besitzen, viel zu sehr, so sehr, daß er Angst vor diesem gehabt hatte, Angst davor, zurückzukommen, aber nun begriff er, daß es sinnlos und töricht gewesen, das zu denken. Er kannte nichts von ihr, nichts, was sich gelohnt hätte, einen Besitz zu nennen, er konnte ebensogut einen Eimer Wasser aus dem Meer schöpfen und sagen, das Meer gehöre ihm. Er wußte nicht einmal, was sie gern aß, wußte nicht, wie sie lebte und wovon. Er versuchte sich vorzustellen, daß sie in der Straßenbahn fuhr und daß sie dabei herausblickte auf die Dinge, die ihr ins Auge fielen, Menschen, Läden, Tiere, Häuser, Trümmerhaufen, Blumen und Bäume, und jeder Gedanke, den sie an alle diese Dinge heftete, an Blumen, Bäume, Tiere, Menschen und Läden, jeder einzige Gedanke, von denen sie zehn in der Minute dachte, war eine Welt für sich, und es gab Millionen solcher Welten in ihr, Erinnerungen, Träume, und er kannte nur so verschwindend wenige, daß er sich nun erbärmlich elend fühlte, angelehnt stehend an diese Türfüllung in dem dunklen Flur, der nun immer heftiger nach Fisch und Zwiebeln roch und nun anfing, auch noch nach scharfem Essig zu stinken.

Die Eifersucht wütete in ihm, wie ein wildes Tier, das in ihn hineingekrochen war und ihn nun zerfleischte. . . Oh, er hätte sie ganz besitzen mögen, so wie er sie damals ganz besessen hatte, doch wissend, daß die blanke Straße ihres Scheitels unendlich war und daß er sie nicht bis ans Ende würde gehen können. . . Oh, er haßte ihren Schuhriemen, den er sich vorzustellen versuchte, einen braunen, ein wenig zerfransten Schuhriemen, an dessen lang hängenden Enden vielleicht etwas trocken gewordener Dreck sich festgesetzt hatte. Sie war immer ein wenig von jener graziösen Unordentlichkeit gewesen. . .

Oh, das alles, diese entsetzliche ungreifbare Fremdheit aller Dinge, aller Gedanken, die sie betrafen, war ihm begegnet, als er den ersten Schritt in ihr Zimmer trat, und er war davor zurückgewichen wie vor einer Wand, die dünn und schwarz, aber steil und fest, unüberwindlich vor ihm aufstieg, hoch in den Himmel hinein bis an den Rand der Unendlichkeit. . .

Er seufzte tief, sog aber dabei den üblen Dunst, der den Flur nun auch mit Qualm erfüllte, so tief ein, daß ihn eine schnelle und heftige Übelkeit befiel, und es fiel ihm plötzlich ein, daß er Hunger hatte und müde war...

Er spürte, daß sein Gesicht zusammenfiel, sehr plötzlich, und daß seine Augen schmerzten und in den Höhlen eine zehrende, saugende, bohrende Qual sich festsetzte, die er am Ende durchwachter Nächte oft gespürt hatte. Er steckte vorsichtig den Schlüssel wieder ins Schloß, taumelte ins Zimmer, zog die Tür hinter sich zu und nahm langsam den Brotbeutel ab, den er mit einem langen Riemen um den Rücken trug. Dann bückte er sich, tastete suchend auf dem Teppich links hinter der Tür und ließ sich langsam nach unten gleiten, und er spürte jetzt, daß es herrlich war, flach zu liegen, die Beine ausgestreckt, den Beutel unterm Kopf, wie er ihn viele Male unter dem Kopf gehabt hatte...

Es mußte bald sieben Uhr sein. Und obwohl er wußte, daß ihr Herz für ihn schlug; liebevoll und ruhig für ihn, so liebevoll, wie keines mehr für ihn schlagen würde, so spürte er jetzt auch irgendwo in seinem Inneren, daß sie ihm nicht gehören würde und daß er sie würde abgeben müssen, an etwas, was er noch nie so gespürt hatte, etwas Unaussprechliches, das von ihrem angefransten Schnürriemen bis zu den Wolken ging, die sie manchmal betrachtet hatte mit Gedanken, von denen er keinen einzigen kannte. Er würde sie verlieren an die Welt, jene Welt, die ihm immer leichtgemacht hatte, an den Tod, und schwer, an das Leben zu denken...

Auf der Tür und einem Teil der Wand war das Fenster mit seinen schwarzweißen Streifen nun noch einmal vergrößert angezeichnet, eine zerfließende Projektion, weich und mit unbestimmten Linien, flimmernd die weißen, verschwommen auch die schwarzen Streifen, und er sah jetzt, daß das große schwarze Kruzifix, das früher unten in der Diele gehangen hatte, nun hier hing...

Plötzlich wieder fühlte er sich bedrückt von dieser Fremdheit des Zimmers, das ihm nicht gehörte, von diesem seltsam sauberen Geruch von sanfter Seife, Kleidern und einem winzigen Schuß von Zigarettenrauch. Er erhob sich plötzlich wieder, raffte den Brotbeutel auf und öffnete die Tür. Während er den Schlüssel wieder im Schloß umdrehte, überlegte er, für wen der Zettel an der Tür hätte bestimmt sein können. Aber dieser Gedanke erregte keinerlei Eifersucht. Oh, er war nicht eifersüchtig auf Menschen. Alle Menschen waren gleich, und sie waren alle einsam, er haßte eifersüchtig die Welt, die Gedanken, die sie erfüllen mußten...

Eine der Türen, die in den Flur mündeten, war nun ständig offen, und er roch gleich, daß es die Tür war, hinter der eben Fisch und Zwiebeln und Essig zu einer Mahlzeit vermanscht wurden. Der Dunst schien die kleine Stube überfüllt zu haben, und man ließ ihn jetzt in lauwarmen widerlichen Wolken in den Flur, auch hörte er, wie offenbar rohe Kartoffeln in eine Pfanne zischend heißen Fettes geworfen wurden; das Aufzischen, das langsam abbrodelte und in leises Schmoren überging, und nun kamen auch dunkelgraue Wolken von Qualm aus dieser Tür, die sich in schmalen, sanften Schwaden zum Treppenhaus hin verzogen. Es war jetzt sehr laut, und manchmal wurde eine Tür geöffnet. Er ging langsam auf die offene Tür zu und stand eine Minute an der gegenüberliegenden Wand und betrachtete eine dicke, kleine, ältere Frau, die ihre linke Hand im Busen stecken hatte und mit der rechten langsam die Kartoffeln in der Pfanne wendete. Auf einem schmutzig erscheinenden Tisch stand eine riesige Porzellanschüssel, in der bläulich schimmernde Fische in Essig schwammen, und er erkannte die weißen, gelblich gewordenen Zwiebelkringel ringsherum. Die Frau am Herd hatte ein dunkles, fast dunkelrotes Gesicht, und er hatte das ekelhafte Gefühl, daß die Linke auf einem nackten Busen lag. Der ganze Raum war nur durch eine winzige kleine Scheibe erleuchtet, die in einem schmalen Holzrahmen offenbar ohne Öffnungsmöglichkeit zwischen grob zusammengemauerte Steine eingelassen war. Auf dem Küchenschrank - abgenutzter, elender, rötlicher Lack - stand eine Brottrommel und eine Waage, und er sah jetzt einen Wecker dort stehen und sah, daß es zwanzig Minuten vor sieben war. . .

Er ging langsam bis ins Treppenhaus zurück und ging hinunter. Die weißen Stuckverzierungen an Decken und Wänden waren nur noch wie große, beschmutzte Inseln, die man jetzt zum größten Teil mit allerlei Worten bekritzelt hatte.

Während er langsam eine Stufe nach der anderen hinunterging, überlegte er, ob er gehen sollte.

Vielleicht, so dachte er, ist es besser, ich gehe jetzt, bevor ich weiß, daß ich gehen muß, vielleicht erspare ich dem drohenden Engel mit dem Schwert die für ihn so schmerzliche Aufgabe, mich zu vertreiben und mit Fakkel und Schwert meinen Auszug zu bewachen... Oh, vielleicht darf ich mich niederducken zu Füßen des Engels, auf der Schwelle, in der Nähe dieser zwei Minuten hocken bleiben und die Last meiner letzten dreißig Jahre Leben hockend verharren.

Er blieb auf einem Absatz stehen und blickte durch eine schadhafte Stelle der Verschalung in den hinteren Teil des Gartens. Dort war noch die kleine rostige Pforte, durch die er damals das Haus verlassen hatte. Die führte auf das Nachbargrundstück, dessen Garten wohlerhalten und gepflegt war, auch das Haus war neu gedeckt, neu verputzt und strahlte in Wohlhabenheit, Sicherheit und Ruhe. Glanzvoll und hübsch waren die großen länglichen Läden gestrichen, die ebenso längliche, reizvolle, hohe und schmale Fenster für die nächtliche Ruhe oder das nächtliche Fest zu verschließen hatten. Der Rasen war umgegraben neu besät, er sah jenen winzigen, köstlichen sanften Schimmer allerersten Grüns, den sanften Flaum des Frühlings, sah die Beete, in denen Stiefmütterchen wohlgeordnet gepflanzt waren, und bemerkte eine junge schlanke Frau an der Seite ihres ebenso jungen schlanken Mannes, die lächelnd und langsam rundstolzierten und ihren Garten bewunderten. Die Frau trug einen langen dunkelbraunen Rock, etwas dunkler als die Farbe ihres üppigen, rötlich schimmernden Haares, ein hoher gelber Pullover ließ nur einen schmalen Streifen ihres blendend weißen Halses sehen, der wie ein kostbar einfaches Halsband erschien. Die beiden schienen wie meisterhaft aufgedrehte Puppen, meisterhaft war ihr Lächeln, wohlnuanciert, wohltemperiert. Ihre Gesten und Schritte waren so meisterhaft einstudiert, daß man nicht zu bemerken brauchte, daß sie Komparsen waren in einem Film, der ein wunderbares Ende haben würde.

Er ging langsam weiter und erreichte das Erdgeschoß und sah jetzt, daß die Kinder immer noch Ball spielten im Eingang. Es war schön, wie ihre dicken Bälle im grauen Rahmen hellen Lichtes der Tür lustig hin und her flogen, sanft gegen die Sandsteinpfeiler schlugen, und dazu hörte er das helle, eifrige, unermüdliche Zählen der beiden Mädchenstimmen im Wettkampf. . .

Jetzt erst, als er draußen war, sah er, daß auch die Keller bewohnt sein mußten. Aus den Löchern ragten rostige, bräunliche Rohre hervor, denen Qualm entstieg, dem parallel allerlei Kochgerüche zu folgen schienen. Hinter den Fenstern, die halb über der Erde lagen, sah er stellenweise trübes gelbliches Licht, und er hörte Radiolaute und Stimmen, und plötzlich spürte er, daß seine Hände, scheinbar gleichgültig in den Taschen, schweißnaß waren vor Angst: er hatte Angst vor dieser Musik, die aus den schleimigen Trichtern widerlicher Mechanik überall in der Welt ausgeblasen wurde, Angst vor diesen dudelnden, sanften, schleimigen Stimmen, die die Welt unsicher machten mit ihrer ruhigen, sanften Sicherheit. Nirgendwo war man sicher vor ihnen, nirgendwo sicher vor dieser scheinbaren Musik, die wie ein stetiger Schleim aus vielen Millionen Trichtern in die Menschheit hineingetröpfelt wurde. Überall in der Welt hatte es auch nach Zwiebeln, Fisch, Essig und dem Dunst von

Kartoffeln gerochen. Er hätte Lust gehabt, sich tief in die Erde zu vergraben, auch dort noch die Ohren zuzuhalten und, nur manchmal aufatmend, leise zu lauschen den Gesängen der Stille, den sanften und verlorenen Fetzen des Paradieses.

Er wischte die Hände an der Innenseite des Taschenfutters ab und trat langsam auf die Bank zu, auf der er vor wenigen Minuten mit dem alten Mann gesessen hatte. Nachdem er jahrelang darauf gewartet hatte, sie wiederzusehen, erfüllte die Aussicht, nun noch zwei Stunden zu warten, ihn mit einer rasenden Ungeduld, die ihn unentschlossen machte. Er wußte nicht, wohin er hätte gehen sollen, er sah deutlich vor seinen Augen die weiße Wand ihres Zimmers, auf der Lichter und Schatten der Jalousie das quergestreifte silberne und schwarze Muster bildeten, und über der Tür das schwarze große Kruzifix mit dem weißen Korpus. Er sehnte sich danach, da auf dem Teppich zu liegen, den Brotbeutel unter dem Kopf, auf das Kruzifix zu sehen und zu warten, vielleicht auch zu schlafen, aber er wußte, daß er sofort wieder fliehen würde vor diesem fremden Nichts, das so stark war, diese unsichtbare, doch wirklich dünne und so unsagbar starke schwarze Wand, die ihn gehindert hatte, in das Zimmer einzutreten, das Fenster aufzureißen und Besitz zu ergreifen von allem, Besitz wieder von dem Bett, Besitz von jenem Blick aus dem Fenster, und hinzuschauen auf jenen fernen Horizont der Stadt, der nun so kahlrasiert war, wie er ihm damals in jenen zwei Minuten augenblicksweise erschienen war. Oh, er hatte immer gewußt, daß es unwiederbringlich war, aber es nun wirklich zu erfahren, war erschreckend. Niemals, niemals mehr... Oh, er wußte, daß sie ihn nie vergessen würde. Die Spur seiner Augen war auf allen Dingen in diesem Raum unausrottbar, schärfer als die freche und königliche Kontur des stärksten Pinsels war die Spur seiner Augen auf ihrer Stirn und auf dem Bild, dem Teppich, und ferne am Horizont und auf jedem winzigen Flecken ihres Leibes.

In einem anderen Gartenstück sah er einen Mann mit Schaufel und Hacke arbeiten, er ging auf ihn zu, sah in ein müdes, unfreundliches Gesicht, ließ sich die Pfeife anzünden, die noch halb voll von Tabak war, und setzte sich wieder auf die Bank, blickte zu Boden...

Der Boden war braun, dunkelbraun feucht und ein wenig naß und enthielt noch Spuren von jenem weißen Kies, der damals das ganze Halbrund bedeckt hatte. Die weißen Pünktchen waren braun geworden, der Ebene des Weges eingewalzt und festgetreten. An manchen Stellen waren Maisstauden festgetreten, die von Fäulnis schwarz geworden waren, rostige Nägel und abgebrannte Zündhölzer mit schwarzen Köpfen und mittendrin ein festgetretener halber schwarzer Hosenknopf.

Der Gedanke an die marmorweißen Bänke in den notenschlüsselförmigen Wegen dort im Gebüsch, die jetzt sicher umwuchert waren, erschien ihm nun lächerlich. Er hatte gedacht, sie noch einmal aufzusuchen, die Bank im linken Flügel des Wäldchens, sich durchzubahnen durch das Dickicht und ihre kühle, kalte und feuchte Fläche zu berühren, aber erinnerte sich nur noch seiner

Angst, die er damals gehabt hatte, als er mit Maria aus jenem Wäldchen gekommen war, von jener Bank, als sie auf die Terrassen zugetreten waren, auf denen lachende Menschen bei sanftem Geplauder Wein tranken in der milden Feuchtigkeit des warmen Herbstabends.

Er war am Rand des Springbrunnens stehen geblieben, hatte zu ihrem Zimmer hingesehen, oben neben der herunterhängenden Dachtraufe, und er hatte den Schmerz des Abschiedes schon gespürt. Das Haus hatte still und ruhig dort gelegen, von Dämmer umhüllt, zwischen den Pappelreihen waren die hellen Kleider von Frauen zu sehen gewesen, die glühenden Punkte von Zigarren, und er hatte die Stimme einer jungen Frau gehört, die man engagiert hatte, zu singen. Damals hatten in dem Hause nur wenige Menschen gewohnt, immer war es still, immer ein wenig zerfallen gewesen.

Vom Rand des Springbrunnens aus hatte er Abschied genommen. Er hatte gedacht, sie müssen sie reparieren lassen, im Anblick der herunterhängenden Dachtraufe, und er war mit Maria an den Leuten vorbei in ihr Zimmer gegangen. Hinter der Tür war sie ihm vorangelaufen, und er hatte in dem Halbdunkel des Flures die langen Schöße ihres grauen Kleides, ihren weißen Hals und, als sie sich umwandte, um ins Zimmer zu treten, ihr sanftes Profil gesehen...

Später in Rumänien, in einer weißen Stadt, war er einmal in einen Laden gegangen, um zwei Taschentücher und ein Paar Socken zu verschachern, es war abends und in den Gassen war ein huschendes dunkles Leben von grauen Uniformen, Männern mit weißen langen Rockschößen und Frauen. Still war alles, düster und erfüllt von der Wollust des Untergangs. Denn die Front war nahe, und das Einschlagen der Granaten hörte man nicht weit wie das dumpfe Schlagen in einen weichen, zähen Teig, sondern nah, grell und reißend, als sei die Erde eine windige, dünne Sperrholzplatte, die mit Hämmern zerschlagen werde. Manchmal sogar hörte man das Geräusch schießender Maschinengewehre, schnell und hoffnungslos, wie das Knirschen einer Bremse, die keinen Widerstand mehr hatte und durchgegangen war. Er war in einer dieser Gassen, die menschenleer schienen und doch von gemeinem Leben wimmelten, in irgendeinen Laden getreten, hatte eine Tür, die ins Dunkle führte, aufgestoßen und sich mitten drin gefunden in einem Trödlergeschäft, wo im Dunklen muffig stinkende Kleider an düsteren Gestellen auf Bügeln hingen wie Leichen, die ihre Köpfe hängen lassen mußten und deren Beine abgeschnitten zu sein schienen. Hinter den Kleiderständern auf bläulichen Regalen stand Krempel. Hausgerät, Nippfiguren, zur Untätigkeit verdammte Uhren, und er hatte sich an der schmierigen kleinen Theke festgehalten und eine Zigarette angemacht. Plötzlich tauchte lautlos das Gesicht eines kleinen Judenjungen hinter der Theke auf, blaß und das Gesicht voll Frechheit, Angst und der namenlosen Trauer seiner Rasse, und er legte seine beiden nagelneuen Taschentücher auf die Theke und sein Paar Socken. Das Gesicht hatte sich leise geschüttelt, und dann war der Junge fortgeschoben worden von einer Frau, die ein gelbliches, zerknittertes Kostüm trug, und als er ihr Profil sah, hatte es ihm geschienen wie Marias Profil in jenem Augenblick, da sie vom Garten heraufgekommen waren, sie ihm voranlief und er ihr Profil gesehen hatte. Die Frau hatte stumm nickend gegrüßt, er sah, wie sie sich über seine Sachen beugte, und ihr schweres Haar erschien ihm von einem dunklen, sehr dunklen Grün. Ihre Hände hatten die Wäschestücke betastet, und er sah, daß ihre Hände klein waren und erschreckend zart, sehr klein, wie die Hände eines Kindes, und sehr leise und flink waren die Wäschestücke unter der Theke verschwunden und ein Geldschein hatte bläßlichblau auf dem schwarzen Holz der Theke gelegen. Und plötzlich hatte sie den Geldschein mit einer ihrer Hände bedeckt, den Kopf gehoben und in ihrem Gesicht, schön und vollendet blaß, mit violetten Lippen, war eine träge und teilnahmslose Bereitschaft gewesen. Er hatte schnell den Geldschein genommen und hatte die Tür hinter sich zugeschlagen und hatte gewußt, daß die Kleiderleichen auf ihren Gestängen nun leise schwankten und daß die Nippfiguren und Hausgeräte klirrend gegeneinanderschlugen. Er war auf die Hauptstraße zugestürzt, und obwohl sie fast verstopft war von Fliehenden, teilweise lahmgeschossenen Panzern, Fuhrwerken und obwohl das Kreischen befehlender Stimmen Dringlichkeit zu erwecken suchte, war er in eine Kneipe gegangen und hatte das Geld versoffen. In der Kneipe waren eine Menge Soldaten gewesen, und sie hatten gesagt, es sei noch Zeit, es sei gar nicht so schlimm, die Russen hätten keine Kraft, noch weiter vorzustoßen, und er hatte dort erfahren, daß die Front zwei Kilometer vor der Stadt war, wenn man es überhaupt eine Front nennen konnte. Und er hatte die ganze Angst vor diesem Trödlerladen mit den aufgehängten Kleiderleichen, dem Jungen und dem Profil der Frau, die ihm mit träger Bereitwilligkeit entgegenlächelte, mit Wein und Schnaps heruntergetrunken, und weil er zufällig verwundet gewesen war, unten am Bein ein bißchen, hatte ihn später ein Sanitätsfeldwebel noch auf einen Verwundetenzug aufspringen lassen, der den Bahnhof verließ, in dem regelmäßig und ruhig im Abstand von wenigen Minuten russische Granaten einschlugen...

Er sah jetzt die Spitzen seiner Schuhe, die sich scharf und schwarz von dem bräunlichen, mit Kiesbrocken durchsetzten Boden abhoben, und es fiel ihm alles ein, wie er in dem dunklen Zug, der in die Nacht hineinfuhr, später von irgend jemand ein Stück Wurst bekommen hatte, das stark nach Knoblauch roch, und ein Stück Brot, trocken und muffig schmeckend, und er hatte wahnsinnigen Durst gehabt, bis sie viel, viel später, nachdem sie lange durch die Nacht geschaukelt waren, auf einer Station, auf deren dunklen Bahnsteigen eine stumme Masse von Menschen übernachtete, etwas Kaffee bekommen hatten, eine kleine Blechbüchse voll...

Es ging ihm immer so, er brauchte nur an irgend etwas zu denken, an Marias Hals oder ihr Profil, und gleich fiel eine Menge von Dingen hinterher aus seinem Gedächtnis, als sei der erste kleine Gedanke nur das erste Glied einer langen, unendlich langen Kette gewesen, die er durch sich hindurchgleiten lassen mußte, ob er wollte oder nicht. Aber er drehte gewaltsam diese Gedanken ab, blickte wieder auf die schwarzen Spitzen seiner englischen Militärschuhe und versuchte sich vorzustellen, was kommen würde.

Manchmal hatte er versucht sich vorzustellen, daß er irgendeinen Beruf schon finden würde, mit dem er etwas Geld verdienen würde, Geld genug, um in diesem Zimmer zu liegen, auf dem Bett, und jetzt versuchte er sich auszumalen, wie er auf dem Bett lag, die Augen auf das Kruzifix gerichtet, das nun immer im Blickfeld ihrer Augen hängen würde. Maria würde am Herd stehen, zierlich und ein bißchen hilflos, und er würde ihr sagen, daß sie bitte keine Fische machen sollte, mit Essig und Zwiebelscheiben, und vielleicht würde das Fenster aufstehen, und es würde regnen, und der Regen würde an der schadhaften Dachtraufe herunterrinnen, und die Pappeln würden verhindern, daß der Widerhall zahlloser Radioapparate zurückgeworfen würde in ihr Zimmer.

Aber plötzlich sah er, daß ein anderes Paar Schuhe nun in seinem Blickfeld lag. Es waren saubere, blanke, sehr gediegene und schöne braune Herrenhalbschuhe, die aussahen, als ständen sie im Schaufenster, und diese standen am Rande des kleinen Weges, so nahe am Rande, daß die Absätze halb über der Furche schwebten, die am Rande begann. Er hatte seine eigenen Schuhe immer für hübsch gehalten, diese schwarzen englischen Militärschuhe, die sie ihm im Lager gegeben hatten, aber er sah jetzt, daß seine Schuhe grob waren, häßlich und formlos gegen diese hübschen, blanken, gediegenen Schuhe, die wie aus einem Schaufenster aussahen. Aber in den

Schaufenstern waren keine Hosen über den Schuhen, weiche, hellbraune, fast beigefarbene, schöne Hosen, deren Bügelfalte aussah, als stände von innen ein langes scharfes Messer drin. Er klopfte die Pfeife aus, und es fiel ihm ein, daß er nicht mehr als drei Minuten gebraucht haben konnte, um den Rest von Tabak leerzurauchen, und er dachte, daß drei Minuten eine lange Zeit sind, länger als viele, viele Jahre. Und er hob den Kopf und sah in ein Gesicht, und er wußte, daß er niemals auf dem Bett liegen würde, in seinem Blickfeld das schwarze Kruzifix an der grünen Wand, und daß Maria niemals am Herd stehen würde und er niemals den Regen die schadhafte Dachtraufe herunterrinnen lassen würde. Er wußte es, obwohl er wußte, daß man alles verhindern kann, bis auf den Tod...

Das Gesicht war ruhig und breit, der Mund war ein bißchen zu knapp, die Augen ein wenig zu eng, aber die Stirn war hoch und schön, nur die Haare waren kraus, unnötig regelmäßig gewellt, und er hatte immer eine Abneigung gegen Männer mit gewellten Haaren gehabt...

Das Gesicht trug unten an den Händen, die zu dem Gesicht gehörten, eine braune Aktentasche und, mit dem Daumen gegen die Aktentasche geklemmt, einen hellen grauen, weichen Hut, dessen Schweißband makellos sauber war.

Das Gesicht sagte zu ihm: »Ah, ich seh, Sie sind der, der über ihrem Bett hängt.« Und er sagte dasselbe, was er eben zu der Frau mit dem hübschen Kopf gesagt hatte – »Ja, wahrscheinlich.«

Dann nahm er die Hand aus der Tasche, die immer noch den Zettel umklammert hielt, und faltete ihn vorsichtig auseinander und hielt ihn dem Gesicht entgegen und sagte: »Das ist sicher für Sie. . .«

»Ja, ja«, sagte der andere, »das ist für mich, also um acht.« Und er blickte auf seine Armbanduhr und sagte: »Noch mehr als eine Stunde.«

Sie blickten sich beide an, der andre an der Unterlippe nagend, und er, der auf der Bank, wußte jetzt, daß sie ihm gehörte, ihm allein, und daß nichts und niemand auf der Welt sie ihm würde nehmen können, genausogut wie er wußte, daß er nicht dort auf dem Bett liegen würde. . .

Sie blickten jetzt aneinander vorbei, und dann blickte er wieder zu Boden, und er sah, daß die Schuhe des Mannes unruhig auf und ab gingen. Er hob die Zehenpartien, senkte sie wieder, hob sie, und zwischen den vorschriftsmäßig voneinander getrennten Schuhspitzen sah der, der auf der Bank saß, den halben schwarzen Hosenknopf, der fest in den Boden eingetreten war.

»Vielleicht«, sagte die Stimme jetzt über ihm, »wäre es gut, wenn wir diese Stunde miteinander sprächen.«

Ich stand auf und folgte ihm, und als ich aufstand, in dieser Zehntelsekunde, diesem brüchigen Bruchstück eines winzigen Stückes Zeit, wußte ich, daß sie mir verloren war, endgültig und unabwendbar, er ging vor mir her, solange die kleinen Gartenwege zu klein waren, um uns nebeneinander Platz zu bieten, verharrte eine Sekunde, als wir breitere Wege erreichten, ließ mich neben sich kommen, und wir gingen stumm den langen geraden Weg zurück, der durch das Wäldchen nach draußen führte, an jenes verrostete Tor, das niemand mehr geöffnet hatte. Dann bogen wir links ein Stück ab, um eine jener Mauerlücken zu erreichen, und ich sah jetzt, daß draußen unter dem dichten grünen Dach der Bäume ein Wagen stand, ein schwarzes, gediegenes, sicheres Stück wertvoller Arbeit, zuverlässig, sauber, fest und stabil. Wir waren langsamer gegangen, je näher wir dem breitesten der Ausstiege gekommen waren, nun blieben wir stehen und blickten uns an, ich sah, daß er jetzt zitterte, seine Lippen zuckten, und das feste, große, wohlgeformte Gesicht schien aus den Fugen, und er sagte zu mir: »Sie ist seit gestern meine Frau, niemand weiß es.« Ich nickte nur, blickte zu Boden und sah ihn noch einmal an.

In seinen Augen stand eine ungeheuerliche Wahrheit, dessen er sich nicht bewußt sein konnte. Sein Schmerz, seine Armut, sein Zucken und sein ganzer unbewußt verhaltener Schmerz, die Wahrheit, daß es Dinge gibt, die man nicht kaufen und in keiner Weise erwerben kann, die man nur geschenkt bekommt, und eines davon ist die Liebe...

Ich nickte noch einmal und ging. Ich stieg vorsichtig über die Mauer, durchquerte die Allee und ging über eine baumlose, unwegsame Straße zurück zur Stadt, um von jenem Bahnhof abzufahren. Hinter mir stand die Sonne flach jetzt am Horizont, und sie warf meinen Schatten so wirr vor mich hin, daß ich kaum den großen runden Punkt meines Kopfes sehen konnte. Nur wenn irgendwo ein Widerstand kam, ein Zaun oder eine Hütte, oder eine halbgestürzte Mauer, blieb der Schatten meines Kopfes vor mir stehen, wuchs und wuchs, bis er über den Rand des Gegenstandes hinausgewachsen war und wieder weit, weit, so weit vor mich hin und über mein flaches Blickfeld hinaus geflogen war, daß ich ihn nicht mehr sehen konnte, und ich wußte, daß ich ihn nie, nie erreichen würde...

Amerika

Ich fand Hubert in seinem Bett liegend, das er nahe an den Ofen gerückt hatte, in dem er einige alte Rahmen zu einem kümmerlichen Feuer entfacht hatte. Der riesige Raum konnte natürlich nicht warm werden. Um den Ofen herum war eine winzige Insel einer gewissen menschlichen Temperatur, aber der ganze übrige Raum mit allen Bildern, der Staffelei, den Schränken lag kalt und ergreifend verlassen da. Hubert hatte eine begonnene Skizze auf den Knien ... arbeitete aber nicht mehr daran, sondern blickte träumend auf irgendeinen Fleck seiner braunen Bettdecke; er begrüßte mich mit einem Lächeln, legte die Zeichnung weg, und in seinen armen, großen grauen Augen las ich zunächst nur das: Hunger und wenig Hoffnung. Aber ich spannte ihn nicht lange auf die Folter, sondern packte das frische, duftende, weiße Brot aus ... seine Augen glänzten. »Du bist verrückt«, sagte er, »oder ich bin verrückt ... oder du hast gestohlen ... oder ich träume ... oder ach«, er machte eine abwehrende Geste und rieb sich die Augen. »Es ist einfach nicht wahr.« »Bitte«, sagte ich und hielt es ihm unter die Nase und drückte es ihm in die Hand und ließ die knusprige Schwarte knistern. »Nun, hast du es bald mit allen Sinnen begriffen, erfühlt ... glaube meinetwegen, daß du verrückt bist ... aber jedenfalls, ich habe es nicht einmal gestohlen ... teile es bitte. . .« Hubert schien endlich seinen Sinnen zu trauen, packte das Brot mutig, als fürchte er in Nichts zu greifen, erkannte dann seine Realität und langte dann mit einem unheimlich menschlichen Seufzer das Messer aus der Kommode. Währenddessen hatte ich den Tabak aus der Tasche gezogen und begann nun mit meinem Taschenmesser, die Tabakwurst schön zu zerkleinern und die Scheiben auseinanderzukrümeln und auf die warme Ofenplatte zu legen. Man nennt das Rösten, glaube ich. Hubert blickte mich mit einem strahlenden Blick an, schnupperte begierig und sagte dann abschließend: »Du bist ein glatter Verbrecher geworden. . .«

Wir lagen schließlich nebeneinander im Bett und aßen genußvoll jeder unser halbes Brot, indem wir immer kleine Brocken von dem Laibe pflückten und sie in den Mund steckten . . . duftend war das Brot, frisch und noch warm, weiß und köstlich -- . . . Brot ist das Beste, was es gibt. Wehe den Menschen, die kein Brot mehr essen aus Sattheit. . . Wehe! . . .

Wie froh war ich, daß Hubert anscheinend vergessen hatte, mich nach der Herkunft des Brotes zu fragen . . . mein Gott, wenn er darauf bestanden hätte, es zu wissen. Er ist so unheimlich gewissenhaft, wie nur ein Künstler sein kann! Aber er aß schweigend und glücklich; ach, glücklich der Mensch, der noch ein wenig Brot hat. . .

»Weißt du, worüber ich eben nachdachte, als du hereinkamst?«

Ich mußte verneinen. Ich bin kein Psychologe, um Gottes willen!

»Ich habe mir überlegt, welche Kalorienzahl man an amerikanischen Universitäten wohl für ein Genie ausrechnen und ausexperimentieren würde ... etwa für Rembrandt. Die moderne Wissenschaft weiß ja schließlich alles. Was denkst du?«

»Vielleicht würde man auf den Gedanken kommen, daß ein Genie ja doch irgendwie außerhalb der Norm lebt. Daß es vielleicht entweder unheimlich viel frißt oder hungert ... und daß seine Leistung unabhängig von -- sagen wir mal -- seiner sogenannten Nahrungsaufnahme ist. ..«

»Aber auch ein Genie hat seine Hungergrenze ... man kann meinetwegen acht Tage hungernd und frierend in einem Keller sitzen und ein wunderbares Sonett darüber schreiben ... aber wenn man sein ganzes Leben in einem kalten Keller zubringt, dann hört die ganze Sonettenschreiberei auf ... sie hört auf, weil der Mann einfach nachher keine Kraft mehr hat, seine Sonette mit einem Bleistiftstummel auf irgendeinen schmutzigen Fetzen Papier zu schreiben. ..«

»Aber ich behaupte, daß er viele, viele schöne Sonette ungeschrieben, aber geschaffen in seinem Gehirn haben kann, die nie die Welt erfahren wird, die aber da sind ... vielleicht Sonette, die *unsterblich* würden, wenn sie bekannt wären. ..«

Unser Brot war zu Ende ... ich sammelte vom Bett aus den gerösteten Tabak vom Ofen, stopfte unsere Pfeifen, und Hubert hielt mir ein Stück seiner Zeichnung als Fidibus hin ... ich entflammte es am Ofen, und nun rauchten wir, während der Dämmer in unsere große Bude sank ... wie Nebel kroch er herein und umhüllte alles. ..

»Ich werde nach Amerika schreiben«, sagte Hubert, »sie sollen doch mal herauszukriegen versuchen, wieviel Kalorien Rembrandt täglich gehabt hat«, er blickte mich unruhig an, »ich habe nämlich Minderwertigkeitsgefühle, weil ich nicht mehr soviel arbeiten kann wie früher ... und ich habe neulich in der Zeitung gelesen, daß sie in Amerika ausprobiert haben, daß man bei unserer Kalorienzahl nicht mehr geistig arbeiten kann ... jedenfalls keine zwei Jahre. Vielleicht hat mich diese enorme wissenschaftliche Erkenntnis so niedergedrückt, daß ich nicht mehr malen kann. . .«

Er sprang ganz plötzlich wie ein Wilder aus dem Bett, an mir vorbei, lief zur Staffelei, spannte einen Bogen Papier aufs Brett und begann wie ein Irrsinniger zu arbeiten ... er warf eine flinke Skizze hin ... packte den Aquarellkasten und dann ging es los; mit heftigen kühnen Strichen ... manchmal zurückspringend, um die Wirkung zu erproben, vollendete er ein kleines Bild, das ich nicht erkennen konnte, weil der Dämmer immer, immer tiefer sank ... aber mit einem Male drehte er sich zu mir herum und fragte energisch: »Wo hattest du das Brot her, du Hund. . .« Ich mußte schließlich Farbe bekennen. »Ich habe meinen Füllfederhalter eingetauscht«, sagte ich schüchtern, »bei einem amerikanischen Soldaten ... hier«, und ich zog die beiden weißen Stengel aus der Tasche, »für jeden auch noch eine Zigarette.«

Wir legten sofort unsere beiden stinkenden Pfeifen hin und sogen mit tiefem Behagen den wunderbaren Tabak ein -- amerikanische Zigaretten!! Hubert arbeitete kühn weiter ... er hatte das Licht angezündet.

»Das Beste an ganz Amerika . . . das Allerbeste sind doch noch die Zigaretten. . .«, sagte er lachend. . .

Anekdote vom deutschen Wunder

»Vater«, sagte der elfjährige Sohn, »was ist das: das deutsche Wunder? Man hört so viel davon.« Der Vater legte die Zeitung weg, drehte das Radio ab und sah seinen Sohn nachdenklich an. Er hatte seinem Sohn schon viele tausend Fragen beantworten müssen, und indem er sie beantwortete, war ihm klargeworden, daß diese Fragen ihn zwangen, Dinge zu definieren, über die er noch nie nachgedacht hatte. Der Vater dachte lange nach.

»Weißt du es nicht?« fragte der Sohn.

»Moment«, sagte der Vater, »gleich habe ich es. Du weißt, was ein Bankkonto ist?«

»Ja«, sagte der Sohn.

»Du weißt auch, was ein Scheck ist?«

»Ja«, sagte der Sohn, »das ist das Papier, das wie Geld ist.«

»Schön«, sagte der Vater. »Nun paß auf: Ich weiß jetzt, was das deutsche Wunder ist. Du mußt zwei oder drei Bankkonten haben -- auf diese Weise kommst du in den Besitz von zwei oder drei Scheckbüchern. Das kostet dich insgesamt vielleicht hundert Mark.«

»Aber Schecks müssen doch gedeckt sein«, sagte der Sohn.

»Moment«, sagte der Vater, »so weit sind wir noch nicht, daß wir Schecks ausstellen können. Zuerst mußt du einen Kredit haben. Du besorgst dir also einen Kredit von 3.000 Mark bei einer der Banken.«

»Bekommst du ihn?«

»Ja, wenn du eine Sicherheit und Bürgen beschaffst. Nehmen wir an, du bekommst den Kredit. Dann schreibst du einen Scheck über 2.850 Mark aus und schickst den auf Bankkonto No 2 -- wenige Tage später nimmst du Scheckbuch No 2, schreibst einen Scheck über 2.347,50 Mark aus und schickst ihn auf Bankkonto No 3. Dort läßt du das Geld eine Woche ruhen. Dann ziehst du, indem du die Summe immer ein wenig verkleinerst, dein Geld wochenlang hin und her über die verschiedenen Konten. Dabei mußt du darauf achten, daß am Schluß immer ein paar Pfennige auftauchen. Das sieht überzeugender aus. Dann holst du dir von der Bank, wo das Geld gerade liegt, 400 Mark und fährst zwei Wochen in Urlaub. Wenn du aus dem Urlaub zurückkommst, gehst du zur Bank No 2 und sagst: ›Ich möchte einen Kredit von 6.000 Mark haben.‹ Man wird dein Konto nachprüfen und sehen, daß sich dein Konto sehr bewegt hat; daß du zwanzigtausend Mark umgesetzt hast. Du wirst den Kredit bekommen. Von den 6.000 ziehst du 4.000 auf Bank No 1 und 2.000 auf Bank No 3 -- alles weitere hängt von deiner Phantasie ab. 6000 Mark lassen sich natürlich besser bewegen als drei: du wirst bald drei neue Scheckbücher brauchen: sie kosten insgesamt 2,15 D-Mark -- wenn du geschickt bist, wirst du bald bei drei Banken einen Kredit von je 10.000 Mark haben: bedenke, wie du die bewegen kannst. . .«

»Man braucht also«, sagte der Sohn, »nur sein Konto zu bewegen.«

»Bewege dein Konto«, sagte der Vater, »und alle Geschlechter werden dich loben. Segen wird über deiner Sippe ruhen. Du brauchst nur einen Füllfederhalter, drei Scheckbücher und vielleicht 5 Mark für Porto. Wenn du erst genug deine Konten bewegt hast -- nimmst du einen großen Kredit und fängst irgend etwas an, womit du viel Geld verdienen kannst. Aber ein wenig Phantasie gehört schon dazu. Das wichtigste ist, daß du nie plumpe glatte Zahlen auf die Schecks schreibst: am Schluß müssen Pfennige stehen. Bewege dein Konto, mein Sohn«, sagte der Vater pathetisch, »und dein Lebensweg wird gesegnet sein.«

»Ist das wirklich das deutsche Wunder?« fragte der Junge.

»Ja«, sagte der Vater, »ich glaube: das ist es.« Er nahm die Zeitung wieder auf, aber er war zu nachdenklich geworden, um darin zu lesen -- er legte die Zeitung beiseite, zündete sich eine Zigarette an, und wenn er nicht vor Nachdenklichkeit schwermütig geworden ist, dann ist er heute ein reicher Mann.

Nachwort

Anfänge eines Schriftstellers

Die Entfernung von Heinrich Böll nimmt zu. Mehr als zehn Jahre ist er inzwischen tot, und das ist eine lange Zeit. Einerseits ist dieser Schriftsteller gewiß noch ganz gegenwärtig, und daß nicht nur einzelne ältere Leser das so empfinden, hat erst vor kurzem der erstaunliche Erfolg des aus dem Nachlaß erstmals veröffentlichten Romans »Der Engel schwieg« beeindruckend gezeigt. Heinrich Böll ist, könnte man sagen, ein mitlebender Schriftsteller jedenfalls so lange, wie Menschen noch unmittelbar Erinnerungen an die Nazizeit, den zweiten Weltkrieg, die Jahre des Hungers und der Trümmer danach und den Wiederaufbau, die Ära Adenauer und Erhard, die Ära Brandt und Schmidt bis hin zum Deutschen Herbst Ende der siebziger Jahre und den Beginn der Ära Kohl haben. Die »Berliner Republik«, wie Jürgen Habermas es nennt, ist allerdings etwas anderes, als die Bonner Republik war, die Böll auf so erstaunliche Weise mitgeprägt und aus einer Position des Widerspruchs auch mitrepräsentiert hat. Schon verschwimmen die Umrisse des eben erst Vergangenen. Doch das Bild des Schriftstellers könnte darüber auch deutlicher werden.

Sich diesen vor über zehn Jahren verstorbenen außerordentlichen Schriftsteller als jungen Autor vorzustellen zum Beispiel, das macht noch immer Schwierigkeiten. Unerläßliche Informationen hierzu, inzwischen durchaus, wenn auch nur etwas mühsam erhältlich, sind aus dem bekannten Bild Bölls, das in der literarischen Öffentlichkeit umgeht, noch immer ausgeblendet. Gegen Mitte der fünfziger Jahre, als er selbst laut der damals allgemein üblichen Sichtweise als »junger Autor« galt, hat Böll sich über die Verwendung dieser Bezeichnung gelegentlich lustig gemacht. Lauter längst graumelierte Herren würden da als junge Autoren gehandelt. Er selbst war damals schon Ende 30. Der Büchner-Preis und der Nobelpreis lagen zwar noch in der Ferne, doch – immer noch recht wenig bekannt – waren längst die dann später als Meisterwerke gepriesenen Kriegs- und Nachkriegserzählungen niedergeschrieben, und auch bereits die ersten seiner Romane. Da von dem jungen Autor Böll zu sprechen, das ließ und läßt sich nur begründen im Blick darauf, wie weit er schon durchgesetzt war am Büchermarkt. Der Roman »Der Engel schwieg«, geschrieben um 1950, ist alles andere als das Buch eines Anfängers. Dennoch konnte Böll ihn nicht veröffentlichen; wie ja bekannt, verzettelte er ihn und publizierte Teile als Erzählungen in Zeitungen und Zeitschriften. Es brauchte lange und bittere Jahre, bis Heinrich Böll als Autor so Fuß gefaßt hatte, daß er sich mit seiner Familie einigermaßen sicher fühlen konnte. Doch in dieser schwierigen und ganz außerordentlich produktiven Zeit war er doch gewiß kein junger Autor, kein Anfänger, auch kein Fortgeschrittener mehr, sondern schlicht ein Schriftsteller von Rang.

Wie schwer die frühen Nachkriegsjahre waren, läßt sich nachlesen in dem Briefwechsel zwischen Heinrich

Böll und Ernst-Adolf Kunz aus den Jahren 1945 bis 1953, der kürzlich unter dem Titel »Die Hoffnung ist wie ein wildes Tier« erschienen ist. Und noch immer findet sich im Nachlaß eine beträchtliche Zahl von unveröffentlichten Kurzgeschichten und Erzählungen, die damals niemand haben wollte, von denen die meisten jedoch – und diese Ausgabe von Erzählungen aus dem Nachlaß belegt es – ganz zweifellos Teil von Bölls Werk sind. Er selbst hat sich später wenig oder gar nicht um eine rückwärtsgewandte Pflege seines Werks gekümmert, er hatte zu schreiben, zu reden, öffentlich Position zu beziehen.

Sehr deutlich also läßt sich am Beispiel Heinrich Bölls studieren, wie schwer es nach 1945 war, als noch völlig unbekannter Autor wahrgenommen zu werden, ein bißchen Geld für die unermüdliche Arbeit zu bekommen, von der Böll gegen alle ökonomische Vernunft nicht lassen konnte. Böll selbst hat davon berichtet. Die sehr kurze Zeit der kulturellen Euphorie 1946/47, von vielen mit Hingabe erlebt und doch eine Scheinblüte, ging ja mit der Währungsreform über Nacht zu Ende. Böll bombardierte die Zeitungen, Zeitschriften und Rundfunkanstalten mit seinen Arbeiten. Lange blieb das Verhandeln mit Verlagen äußerst schwierig, nicht zuletzt aus jenem Grund, aus dem Böll später so berühmt geworden ist: Er schwamm nicht mit im literarischen Mainstream jener Jahre, er brachte etwas Neues, er holte die unsägliche jüngste Vergangenheit und die in Trümmern behauste trübe Gegenwart ins Erzählen, und das schreckte damals eher ab. Die Westdeutschen wollten es literarisch sehr bald fein, elitär, metaphysisch oder doch zumindest magisch-realistisch, weltumspannend, hochgeistig. Von der Wirklichkeit wollten sie lesend lieber absehen.

Bei vielerlei Kennzeichen eines jungen Autors, die ihm anhingen, ist doch sehr fraglich, ob Böll zur Entstehungszeit seines dann später vielgerühmten frühen Werkes eben das noch war. 1947 war er dreißig Jahre alt, und um diese Zeit hat er – so die allgemeine Ansicht – begonnen, ein Schriftsteller zu sein. Kam das etwa über Nacht? War das überhaupt möglich ohne eine Vorgeschichte auch schon als Schriftsteller? Derart schwierige Entscheidungen wie die, als Schriftsteller zu leben, Entscheidungen, die soviel Risiko in sich bergen und soviel Mühe und Unsicherheit in Aussicht stellen, trifft kaum jemand noch oder erst mit 30. Und die dann später als etwas so Außerordentliches erkannten und anerkannten frühen Kriegs- und Heimkehrererzählungen, die Erzählungen vom Überleben in den Trümmern, der Roman »Der Engel schwieg« – niemand wäre fähig, derlei gleichsam aus dem Stand hervorzubringen. Und in der Tat hatte Heinrich Böll zu der Zeit, da er sich schreibend, erzählend auch in der Öffentlichkeit zu behaupten begann, bereits ein Vorleben als junger Autor in besonders hoffnungsloser Lage.

Ein Foto mit der Zeitangabe »um 1938«, das kürzlich in dem Bildband »Heinrich Böll – Bilder eines Lebens« veröffentlicht worden ist, zeigt eine Gruppe gut gelaunter junger Leute auf einer kleinen, unverkennbar rheinischen Straße, vielleicht in einem Kölner Vorort oder einem nahe der Stadt gelegenen Dorf. Sie kommen dem Betrachter des Fotos mit raschem Schritt entgegen. Hinter ihnen verengen sich perspektivisch die niedrigen Hausfassaden auf beiden Seiten der Straße. Weiter zurück auf ihr ein sich näherndes Auto und verschwommen, doch ebenfalls nahe beieinander eine Reihe weiterer Fußgänger. In der Gruppe vorn von links nach rechts Mechthild Böll, etwas zurück Heinrich Böll, neben ihm Annemarie Cech, Heinrich Bölls spätere Frau, und wieder auf der Höhe Mechthild Bölls der Jugendfreund Caspar Markard. In Knickerbockern, die damals beliebt waren, und in hellem Sommermantel geht Heinrich Böll mit füllig jugendlichem Gesicht lächelnd und selbstbewußt, geradezu forsch. Fast ganz verdeckt von Heinrich Bölls Schwester Mechthild ist da unidentifizierbar noch ein Fünfter in der Gruppe. Gerade noch zu erkennen ist, daß er offenbar vom Hut bis zu den Schuhen schwarze Kleidung trägt. Vielleicht ein Vikar, ein junger katholischer Geistlicher, und vielleicht kommen sie alle eben aus der Kirche, vielleicht von einer Trauung.

Wer die Erzählung »Die Brennenden« liest, die wie alle Erzählungen dieses Buches hier erstmals aus dem Nachlaß Heinrich Bölls veröffentlicht ist, dem jedenfalls drängen sich derlei Vermutungen geradezu auf. Eine Passage dieser Erzählung vergegenwärtigt den Gang einer »kleinen Gesellschaft« meist junger Leute vom Dom, wo zwei von ihnen eben getraut worden sind, zu einer Wohnung am Rand der Stadt, und der junge Priester, der die Trauung vollzogen hat, ist auch dabei. Es ist eine fröhliche, beschwingte Gesellschaft. Einer der jungen Männer erzählt der Braut eines anderen in Kürze seine ganze Lebensgeschichte. Es hat in der Geschichte eines jeden in der kleinen Gesellschaft viel Leid, Ausweglosigkeit und Verzweiflung gegeben. Doch an diesem Tag sind alle voller Hoffnung und glücklich. Sie wissen, daß sie auf dem richtigen Weg sind, und das hat mit erfüllter Liebe und ihrem unerschütterlichen Glauben zu tun.

Falls die Zeitangabe zu dem beschriebenen Foto zutrifft allerdings, war dieses ein zufälliger – oder vielleicht auch gar nicht so zufälliger, der junge Böll liebte Spaziergänge – späterer Reflex der Szene in der Erzählung »Die Brennenden«. Um 1938 war diese längst geschrieben. Das Typoskript, das sie überliefert, trägt die Daten 18. 12. 36 – 3. 3. 37 – 7. 3. 37.

Noch vor dem Abitur hat der neunzehnjährige Heinrich Böll diese ziemlich umfangreiche Erzählung verfaßt. Sie ist einer der Belege dafür, daß dieser Schriftsteller keineswegs erst nach der Heimkehr aus dem zweiten Weltkrieg zu schreiben, zu erzählen begonnen hat. Auch Bölls frühe Nachkriegserzählungen schon, so deutlich manche Zeichen des Anfangs auch sein mögen, haben eine Vorgeschichte. Der Achtzehn-, Neunzehnjährige bereits hat sich an Prosa und Gedichten versucht, und »Die Brennenden« ist dafür nur ein allerdings besonders eindringliches Beispiel. Ein Spätberufener war dieser Autor also keineswegs. Doch die Zeitläufe, Naziherrschaft und Krieg, haben seine Entwicklung massiv gestört, wenn auch zugleich auf grausame, inhumane, dem jungen Mann nur schwer erträgliche Weise vorangebracht. Heinrich Böll hat mit Kriegsbeginn zu schreiben aufgehört, oder richtiger: Er hat den Impuls zu erzählen übertragen in eine nur schwer überschaubare Menge von teils langen tagtäglichen Briefen an seine Frau, in denen nachzulesen ist, wie seine Wahrnehmung, seine Aufmerksamkeit für alles, was ihm unter dem Vorzeichen einer penetranten Sinnlosigkeit begegnete, wie seine Erfahrung des Krieges die Welt für ihn verändert hat. Der fröhlich beschwingte, selbstsichere junge Mann, der auf dem beschriebenen Foto voranschreitet, der sollte Heinrich Böll nicht bleiben. Wie heftig die Zweifel, die Ungewißheit, die Ratlosigkeit bei aller grundsätzlichen Unbeirrbarkeit werden sollten, das dokumentiert drastisch vor allem die Anfang 1947 entstandene Erzählung »Der blasse Hund«.

Wie Heinrich Böll seine Schulzeit und Jugend in den Jahren zwischen Hitlers Machtantritt und 1937, als er das Abitur bestand, erinnerte, das hat er in dem autobiographischen Bericht »Was soll aus dem Jungen bloß werden« mitgeteilt. Er nennt die vorwiegend familiären Gründe für seine Resistenz gegenüber den Nazis, skizziert die Art und Weise, wie seine Familie und er selbst, all ihrem »Lästern und Fluchen« zum Trotz, »katholisch, katholisch, katholisch« waren, nämlich gläubig mit wachem, kritischem Verstand beim Blick auf die Mehrheit der Christen und die kirchlichen Institutionen. Er teilt mit, was alles er gelesen hat – Dostojewski vor allem, aber auch Jeremias Gotthelf und Leonhard Frank, Chesterton und Stefan George und viele andere mehr, und dann Léon Bloys »Blut der Armen«, ein Werk des selbst in hoffnungsloser Armut lebenden, für den Renouveau catholique so bedeutenden französischen Schriftstellers, das »wie eine Bombe« bei ihm eingeschlagen sei, »weit entfernt von der Bombe Dostojewski und doch in ihrer Wirkung dieser gleich«. Er teilt mit, daß er Schriftsteller sein, Schriftsteller werden wollte, und sehr beiläufig, eher schamhaft ist die Rede von ersten Schreibversuchen.

Unter den Texten aus jener Zeit im Nachlaß ist »Die Brennenden« vielleicht der eindringlichste. Das ist eine Erzählung, die nicht aus rückblickender Erinnerung, sondern unmittelbar aus jener Zeit heraus Einblick zuläßt. Realistisch im üblichen Sinn ist sie nicht, doch sie enthält trotz einigem an Romantik und idealistischer Symbolik erstaunlich viel Reales, imaginiert eine Realität der Gefühle und Wünsche, die überspringt. Um diese Realität zu erfassen, hat der Neunzehnjährige sich an der Literatur orientiert, die er gierig verschlang, wohl vor allem an Dostojewski und Bloy. Die Erzählung zeigt den Blickwinkel an, auf den der damals tatsächlich ganz junge Autor setzte, und bei aller Abhängigkeit des Anfängers von all den Perspektiven, die seine Vorbilder und Anreger, also die Autoren, die er las, ihm vorgaben, aus denen er seine Vorstellung anreicherte und erweiterte, hat diese Perspektive doch schon Anzeichen eines ganz eigenen Zuschnitts.

Da ist nicht nur das Rauchen, der befriedende Tabakdunst, sind nicht nur die Zigaretten, die sehr frühe und bleibende Obsession Heinrich Bölls, die schon in »Die Brennenden« manchmal die Stimmungen illuminiert.

Außerordentlich fesselnd ist zu beobachten, wie in dieser Erzählung bereits Konturen, die den Erzähler Heinrich Böll bis zuletzt geprägt haben, angelegt sind. Schon deutet sich neben der Projektion absoluten Glaubens, absoluter Liebe Bölls nahezu häretische Imagination einer Freiheit in der Liebe – und auch im Glauben – an, die von der Kirche als Organisation, wie Böll es wohl sah, geradezu verraten worden ist. Ein Agnostiker, ein Atheist kann der wahre Glaubende sein, eine Prostituierte die wahre Liebende. Und wo die rückhaltlose Liebe Ereignis wird, haben schon in »Die Brennenden« die Liebenden alle Rechte, wenn auch das Sakrament der Ehe des Segens der Kirche bedarf, ein Sakrament, wie Heinrich Böll später ja immer klarer dargestellt hat, das die Liebenden selbst sich spenden. Mit solchen Vorstellungen, zu denen ein großer Respekt vor der Armut und den Armen gehört, klagt der junge Katholik Heinrich Böll auch schon den Pakt der Kirche mit der Bourgeoisie an, der in seinen Augen verhängnisvoll ist, all das Christentum als ein So-tun-als-ob, als ein materiell vorteilhaftes Sichanpassen an etablierte Konventionen. Der Griff nach dem Absoluten machte den jungen Mann, der da versuchte, sich schreibend, erzählend seiner selbst zu vergewissern, nicht – wie das meist der Fall ist – blind für die schäbige Realität tagtäglicher Vorteilssuche, die ihn umgab. Er sah darin die Schäbigkeit nicht etwa der Armen, der Armut, sondern der Bürger. Ähnlich die Sehnsucht nach Musik, Kunst, Kultur. Auch sie ist in »Die Brennenden« geprägt von einer absoluten Erwartung, was ebenfalls nicht blind macht für den bürgerlichen Mißbrauch dieser Werte, zum Beispiel in der, wie es in einer anderen Erzählung aus jener Zeit heißt, speziell vom hohen Klerus geschätzten Kombination von »Kunst und Käse«.

Bliebe die Frage, warum in dieses Buch, wenn sich soviel von ihnen ablesen läßt, nicht alle ganz frühen Erzählungen Bölls aufgenommen sind. Darauf gibt es keine eindeutige Antwort. Aber begründet ist sicherlich zum Beispiel die Erwägung, daß es nötig ist, sich in diese frühen, gewiß noch vielseitig abhängigen und doch schon erstaunlich eigenwilligen Texte langsam einzulesen. Dies Buch ist für Leser, will nicht etwa Literaturwissenschaftlern ein komplettes Materialangebot liefern. Eine gewisse Langsamkeit bei der Annäherung ist auch sinnvoll, weil die frühen Erzählungen nur im Zusammenhang der Entwicklung, der Biographie des Schriftstellers Heinrich Böll ganz verständlich sind. Sie sind zunächst nur bedingt schlicht als sie selbst zu nehmen, die schreckliche Zeitgeschichte spielt hier hinein, die Heinrich Böll dann zunächst eine andere lange Lehrzeit als Briefschreiber diktierte, ehe er der wurde, als den die Welt ihn nun schon lange kennt. Das alles bleibt erst noch aufzuarbeiten.

Die in der frühen Nachkriegszeit entstandenen, bisher unveröffentlichten Erzählungen Heinrich Bölls, die Hauptanteil dieses Buches sind, lassen sich gewiß charakterisieren als eine Erweiterung und Ergänzung von im Grunde schon Bekanntem. Aber auch das ist viel, insbesondere da jede der Erzählungen stofflich wie in der Sichtweise zugleich unbekannte Momente umfaßt. Jedenfalls eine der frühen Nachkriegserzählungen springt aus solch scheinbarer Relativierung jedoch deutlich heraus, die »10. – 11. 2. 47« datierte Erzählung »Der blasse Hund«. Um zu begreifen, wieso sie nicht sogleich veröffentlicht worden ist, wieso vielleicht auch Heinrich Böll selbst in der Folge ihre Veröffentlichung nicht gerade entschieden betrieben hat, ist die Zerstörung und sind die Trümmer auch in den Köpfen der Menschen zu bedenken, die über Jahre hin vielleicht noch gar nicht fähig gewesen wären zu erfassen, was überhaupt hier erzählt ist.

Tonfall der Erzählung »Der blasse Hund« ist die nackte Verzweiflung. Ihr Ablauf sei andeutend noch einmal in Erinnerung gebracht. Die Personen: ein Arzt, ein Kaplan und ein Toter, ein Mordopfer, ein ermordeter Mörder, dazu im Hintergrund eine Horde von gleichgültigen, fühllosen Polizisten auf einer Polizeiwache. Erzähler ist der Arzt, ein müder, völlig erschöpfter Mann, der alles, auch das Schrecklichste, was Menschen einander antun, längst kennt. Außer sich und selbst völlig hilflos, vertraut der Kaplan dem Arzt, der den Tod des Opfers festzustellen hat, die Geschichte des Toten an, um dessen Leben, dessen verlorene Seele er sich hoffnungslos quält. Es ist die Geschichte eines hochintelligenten Jungen aus der Unterschicht, dem ein Orden, also die Kirche, die Möglichkeit gegeben hatte, als Internatsschüler das Gymnasium zu absolvieren. Theodor Herold, so der Name des Jungen, erkannte bald seine außerordentliche Überlegenheit, und er entschloß sich, sie rücksichtslos zu nutzen. Kaltschnäuzig, berechnend, ja verächtlich nahm er seinen Vorteil wahr, um dann die Brücken zu seinen Förderern gleich nach dem Abitur frech abzubrechen. Mit der Hilfe eines Freundes namens Becker, der aus reicher Familie kam, Theologie studierte und ihm bedingungslos immer wieder Geld gab, studierte er. Dann trat er in »die Partei« ein und kam voran, mußte jedoch Soldat werden und erfuhr, daß er hier abgeschlagen war, daß hier seine Überlegenheit nichts nutzte, denn das stumpfe Kastendenken der Offiziere ließ ihn nicht vorankommen. Als der Krieg begann, meldete er sich, da er unbedingt Karriere machen wollte, für einen der Mörderverbände. Als der Krieg verloren war, schlug er sich geschickt zurück in die Heimat, wurde Anführer einer Bande von Dieben und Mördern, die die Stadt unsicher machte. Er hatte viele Menschen auf dem Gewissen. Die Bande hat ihn schließlich totgeschlagen.

Diese Erzählung »Der blasse Hund«, die mit solcher Wiedergabe kaum auch nur andeutend erfaßt ist, läßt sich lesen als eine irrsinnige Spiegelung der Erzählung »Die Brennenden«, und zwar nach dem Zusammenbruch aller, sogar der ganz und gar selbstlosen Lebensvorstellungen. Sie ist erschreckend komplex. Und keine Rettung mehr, nirgends. Zu den Implikationen der Erzählung gehört zum Beispiel, daß der hochmütige Massenmörder Theodor Herold an einem der bald über Bord geworfenen Grundsätze festgehalten hat: Er war bis zum Tode »rein«, verbrachte sein Leben »in einer fast zölibatären Keuschheit«, und eine Frau, die ihn liebte, sorgte schließlich für sein Ende. Theodor Herold liebte einzig den treuen Freund Becker, der selbstlos für ihn eintretende Becker war sein ganzer Halt, doch dann plötzlich, als er ihm alle seine Untaten anvertrauen wollte, fand er bei diesem Freund nur noch die routinierte Gleichgültigkeit eines Pfarrers, der alle Ungeheuerlichkeiten längst kennt, gleichgültig geworden ist und abgestumpft. Der Kaplan, der die Geschichte erzählt, ist dem Bild des Verlorenen hoffnungslos und doch voll absurder Zärtlichkeit ausgeliefert. Rettung, Erneuerung, Gnade sind ausgeschlossen, die Dinge sind heillos durcheinander. »Es war mir«, hält der Arzt fest, »als hätten hinter dem Bericht des Kaplans die Trümmer der Trostlosigkeit unserer ganzen Welt mich begraben. . .«

Dieses Gefühl, es drängt sich mit den wahnwitzigen Widersprüchen einer vergangenen Zeit in Heinrich Bölls Erzählung »Der blasse Hund« den Lesern erschrekkend direkt auf, so erschreckend, wie es vielleicht in der frühen Nachkriegszeit selbst den um ihr Überleben kämpfenden Menschen trotz allem fremd war. Schrekken, der eben erst verblaßt, ist nicht durchschaubar. Hat der ermordete Mörder, der sich übrigens nicht zu einem den Zustand deutenden Exempel hochrechnen läßt, sondern eine sperrige, absurde Figur wie aus dem Leben selbst ist, überhaupt irgendeinen Anspruch auf soviel Verzweiflung, Zärtlichkeit, Trauer, wie sie ihm doch in dieser Erzählung zuteil werden? ». . . sind wir nicht alle schuldig?« sagt einmal der Kaplan, um seine Untröstlichkeit begreiflich zu machen und seinen Wunsch, an der Leiche dieses entsetzlichen Menschen trotz allem Wache zu halten und auf Gnade zu hoffen. Der Kriegsheimkehrer Heinrich Böll läßt seine Gestalt des blassen Hundes, grundiert von hoffnungsloser Ratlosigkeit, dastehen wie einen Grabstein, der den Leuten noch lange im Weg sein soll.

Ein halbes Jahrhundert nach Kriegsende kommt mit den Erzählungen dieses Buches noch einmal der Dunst jener fernen Jahre hoch, mit ihm die hohen Erwartungen und Ideale eines jungen Mannes aus der Nazizeit vor dem Krieg, der sich hoffnungsvoll, doch vergeblich gegen die Welt, wie sie war, aufstemmte, und mit diesem Dunst kommen hoch Erinnerungen und Deutungsversuche, Ängste und Phantasien, deren zeitliche Bedingtheit die noch immer virulente Lebendigkeit der Erzählungen gerade ausmacht. Literarisch gesehen ist alles noch offen. Von frühen Meisterwerken kann keine Rede sein, und nicht nur, weil das ein Begriff ist, der Heinrich Böll verdächtig war bis zuletzt; es hatte in seinen Augen mehr mit Kunsthandwerk als mit Kunst zu tun. Es fällt nicht schwer, kritische Sonden verschiedener Art anzusetzen. Unverkennbar ist die Abhängigkeit von aus der Literatur übernommenen Bildern des Lebens, ist die jugendliche Naivität in »Die Brennenden«, die noch ungeprüfte Pauschalität mancher Vorstellungen in dieser Erzählung, die Irrealität der in ihr apostrophierten Ideale. Die sperrige, schrecklich offene Erzählung »Der blasse Hund« hat eine hektische Unausgewogenheit, holt allzuviel schreckliche Verbrechen in ein einzelnes Geschick, treibt das religiös motivierte, emphatische Mitleiden über alles Maß hinaus. Und doch liegt auf der Hand, daß solche Kritik diese Erzählungen verfehlt. Dies hängt zwar gewiß auch mit dem Gefühl zusammen, daß sie gleichsam gedeckt und rückblickend bestätigt sind durch das spätere Werk des Autors. Aber das ist es nicht allein. Schon in diesen Anfängen ist spürbar ein erstaunlicher Zugriff auf die Wirklichkeit, der Vergangenes wieder ganz in die Nähe holte. Auf eine irritierende Weise stehen schon diese Erzählungen für sich.

Die Zeitgeschichte, die stets Heinrich Bölls ganze Aufmerksamkeit hatte, aus deren Erfahrung heraus er erzählte, hat diesem Schriftsteller keinen bruchlosen Anfang, sondern, grob gesagt, drei Anfänge verordnet. Den noch fremdbestimmten, dennoch bereits höchst eigenwilligen Anfang des ganz jungen Mannes zunächst, der schon mehr anzeigt als nur die Heftigkeit des Wunsches, Schriftsteller zu sein. Es wäre müßig zu spekulieren, was daraus hätte werden können, wenn darauf nicht die lange, bedrückende Lehrzeit des unerbittlich mit der Sinnlosigkeit des ihm aufgezwungenen Lebens konfrontierten Briefschreibers im zweiten Weltkrieg gefolgt wäre, diese noch kaum andeutend erforschte Phase im Leben des jungen Heinrich Böll. Und in der hier zuerst geprobten, dann immer neu erzählten Konfrontation des gläubigen Katholiken Böll mit der mörderischen Realität des Lebens im Krieg, dann mit all den individuellen und gesellschaftlichen Realitäten des Nachkriegs, der westdeutschen Bundesrepublik gewann schließlich der Schriftsteller Gestalt, der Heinrich Böll bis zu seinem Tod war. Die Erzählungen des Buches »Der blasse Hund« geben spannungsreich Einblick in die frühe Lebensgeschichte dieses Schriftstellers.

Heinrich Vormweg

Editorische Nachbemerkung

Alle hier vorgelegten Texte werden aus dem Nachlaß Heinrich Bölls heraus veröffentlicht, wie er bei der Erbengemeinschaft der Erben Heinrich Bölls und im Heinrich-Böll-Archiv der Stadt Köln aufbewahrt ist.

Sämtliche Texte standen als Autor-Typoskripte zur Verfügung und wurden zum Zweck der Vorbereitung der Veröffentlichung neu abgeschrieben und zum Druck eingerichtet.

Die Einzeltexte weisen unterschiedliche Fertigkeitsgrade auf. Die hier insgesamt vorgelegte Textfassung beruht auf einer stillschweigenden Behebung jeweils zahlreicher Verschreibungen, gelegentlicher Auslassungen und sonstiger Flüchtigkeiten. Weitergehende Eingriffe in bezug auf die Revision inhaltlicher und sachlicher Unstimmigkeiten, die gegebenenfalls meist dem Entwurfscharakter einzelner Texte oder den Diskontinuitäten des Arbeitsprozesses des Schriftstellers geschuldet sind, wurden nicht vorgenommen.

So wurde etwa bewußt darauf verzichtet, den zweifach auftauchenden Wechsel der Erzählperspektive in dem Romanfragment »Verlorenes Paradies« bei der Textbearbeitung zu beheben, wohl wissend, daß der Autor diese bei einer eventuellen Weiterführung des Projekts zweifellos selbst vereinheitlicht hätte, wie etwa auch die widersprüchlichen Angaben zur Wartezeit im Erzähltext. Die durchgängige erzählerische Dichte und Prägnanz des vorgelegten ersten Kapitels des Fragment gebliebenen Romans machten den Herausgebern die Entscheidung leicht, den Text in dieser Hinsicht – seinen angeführten Inkonsequenzen zum Trotz – in ursprünglicher Fassung wiederzugeben.

Bei allen Prosatexten wurden nicht nur die eindeutig kenntlichen Schreibversehen und orthographischen Fehler korrigiert, sondern auch eine weitgehend einheitliche Interpunktion eingeführt. Dies dient einerseits der für eine populäre Ausgabe sicher notwendigen Erhöhung der Lesbarkeit der Texte und legitimiert sich entgegen mancher editionsphilologischen Bedenken nicht nur aus der bis heute unstrittigen und mehrfach überlieferten Auffassung Heinrich Bölls, der entsprechende Textbearbeitungen nicht nur zuließ, sondern sie im Einzelfall sogar erwartete oder einforderte. Darüber hinaus befördert nach Ansicht der Bearbeiter die gängige Praxis der Editoren, von Fall zu Fall und bisweilen nach Belieben in die Interpunktion nachträglich einzugreifen, es an anderer Stelle aber bewußt zu unterlassen, die Textsicherheit keineswegs. Von der Vereinheitlichung ausgenommen wurde – wie vom Autor ausdrücklich gewünscht – die Schreibweise nach Doppelpunkt, die in Böllscher Tradition den Vorschriften des deutschen Dudens entschieden zuwiderläuft.

Die Anordnung der Texte folgt dem Prinzip unabdingbarer Chronologie. Dort, wo eine Datierung des Typoskripts nicht vorliegt, wurden zur Festlegung der Entstehungszeiten die Arbeits- und Notizbücher Heinrich Bölls und die einschlägigen Korrespondenzen zu Rate gezogen. Bei den verbleibenden Zweifelsfällen erfolgt die Einordnung nach Maßgabe der vergleichenden Sichtung und Bestimmung des vom Autor verwendeten Schreibpapiers.

Im weiteren folgen die somit eruierten Entstehungsdaten:

Die Brennenden, Erzählung. Auf einem beiliegenden Zettelabriß datiert: 18. Dezember 1936, 3. und 7. März 1937.

Der Flüchtling, Erzählung. Die Reinschrift ist auf den 2./3. November 1946 datiert und wurde am 12. Mai 1947 den »Frankfurter Heften« zum Abdruck eingereicht.

Gefangen in Paris, Erzählung. Datiert auf den 25. Dezember 1946. Eine (verlorengegangene) Reinschrift des Textes reichte HB am 31. Mai 1947 bei der Zeitschrift »Karussell« in Kassel ein und am 27. Juni 1947 bei »Die Fähre« in München.

Der blasse Hund, Erzählung. Das Typoskript ist auf den 10./11. Februar 1947 datiert. HB sandte sie zur gewünschten Veröffentlichung am 31. Mai 1947 an die Zeitschrift »Das Goldene Tor« in Baden-Baden.

Das Rendez-Vous, Kurzgeschichte. Die erste Fassung des Textes ist auf den 11. August 1948 datiert; eine zweite, überarbeitete Fassung, die hier zum Abdruck kommt, ist undatiert; eine exakte zeitliche Einordnung ist nach heutigem Kenntnisstand nur schwer möglich: Eingereicht hat HB sie zunächst am 13. August 1948 beim Sender Stuttgart und zum Abdruck angeboten bei verschiedenen Zeitungen und Zeitschriften noch bis in das Jahr 1952.

Die Sippe Esaus, Prosaskizze. Undatiertes Typoskript. Eine Skizze anderen Inhalts, aber mit gleichlautender Überschrift ist auf den 22. November 1948 datiert. Die Papiersorte deutet ebenfalls auf eine Entstehung im Zeitraum 1948/49.

Die Geschichte der Brücke von Berkowo, Erzählung. Undatiert, vermutlich Ende 1948 entstanden. Dieser Text war von HB 1949 für die Aufnahme in die Sammlung »Wanderer, kommst du nach Spa. . .« vorgeschlagen, fand aber bei der endgültigen redaktionellen Zusammenstellung keine Berücksichtigung. Böll arbeitete ihn schließlich in Kapitel VIII des Romans »Wo warst du, Adam?«, 1951, ein. Diese Textfassung wiederum war dann Grundlage einer Hörspielbearbeitung von 1952: »Die Brücke von Berczaba«.

Die Toten parieren nicht mehr, Kurzgeschichte. Das Typoskript ohne Titel ist auf den 5. Januar 1949 datiert. In einem Entwurf trägt die Geschichte den Titel »Die Toten parieren nicht mehr«, der als verbindlich übernommen wurde, zumal er in einer vom Autor hs. verfaßten Titelliste unter dem Datum 8. 1. 1949 ein weiteres Mal auftaucht. Der Text ist die Überarbeitung einer Passage aus einem Dramenentwurf Heinrich Bölls mit dem Titel »Wie das Gesetz es befahl«, der parallel im Januar 1949 (früheste Datierung ist der 4. 1.) entstanden ist.

Verlorenes Paradies, Romanfragment. Die Niederschrift wurde nach heutigem Kenntnisstand bei der Arbeit am zweiten Kapitel abgebrochen. Vollständig und eindeutig zuzuordnen ist lediglich das hier zum Abdruck kommende erste Romankapitel. HB hat zur Datierung in seinem Arbeitsbuch 1949 notiert: »1., 2. und 4. Mai verlorenes Paradies; 25. Mai: 2. Kapitel verlorenes Paradies«.

Bestimmte Partien wurden in überarbeiteter Form in den Roman »Der Engel schwieg« (1992 aus dem Nachlaß publiziert) übernommen, mit dessen Niederschrift Böll im September 1949 begonnen hatte. Nachdem die Veröffentlichung dieses Romans im Verlag Friedrich Middelhauve gescheitert war, hat er diverse Sequenzen des Romans zu Kurzgeschichten umgearbeitet. Aus dem »verlorenen Paradies« heraus sind so die zwei Kurzgeschichten »Die Liebesnacht« und »Die Dachrinne« separat gewandert und schon frühzeitig publiziert worden.

Amerika, Kurzgeschichte. Undatiert. Die Einordnung in das wahrscheinliche Entstehungsjahr 1950 erfolgt hier aufgrund der Einschätzung der verwendeten Papiersorte.

Anekdote vom deutschen Wunder, Kurzgeschichte. Undatiertes Typoskript. Zeitliche Einordnung der Entstehung in die Jahre 1950/51 anhand der Bestimmung der verwendeten Papiersorte.

Viktor Böll *Karl Heiner Busse*